独占マリアージュ

Himemi Mai
舞姫美

Honey Novel

Illustration

ウエハラ蜂

CONTENTS

【1】

手に持った孔雀《くじやく》の羽の扇子《せんす》で表情を上手く隠しながら、リディアーヌは周囲を見回した。

大広間で行われているこのパーティは、今回は次期国王で兄であるルリジオンが主催となっているものだ。王宮で定期的に行われているパーティは、王族と上流貴族たちとの公的な社交の場として、慣例となっている。

リディアーヌもコルディエ王国王女として、このパーティに参加することは義務づけられていた。王女としての役目の一つだと理解しているから、嫌だと拒《こば》むつもりもない。だが最近は、このパーティに参加するのが苦痛に思えていた。

(だって……最近頻繁《ひんぱん》に声をかけられるんだもの……)

ここ数年、こうしたパーティに参加すると、やけに男性から声をかけられるようになった。

姉が同盟国へ輿入《こしい》れして王女は自分一人だけになり、そういった意味で自分と関わりを持ちたいのだろうと、わかっている。だが、もしも叶うのならば政略結婚ではなく、心から想い合う相手と結婚をしたいと思うのはいけないだろうか。

（叶わないなら、それは仕方のないことだわ。私は王女だから、国のためにたとえ好きではない人と結婚したとしても）

でも、もし叶うのならば。そんな想いを込めながらなるべくさりげなさを装《よそお》って、リディアーヌはさらに周囲を見回す。

求めている姿は、背が高く、ブラウンの髪とターコイズブルーの瞳を持つ青年だ。彼が今日このパーティに参加することは、ルリジオンから聞いている。そのために、お洒落《しゃれ》にも自分なりに気を遣《つか》っていた。

二十代半ばという歴代最年少で騎士団長になった彼は、品行方正で優しく穏やかな人柄だ。そんな彼は、きっと清楚《せいそ》さを好む。だから今日のドレスは白いドレスにした。

流行のデザインを追いかけるのならば胸元や腕を出すドレスになるが、きっと彼はそういうのを好まない。肌が見えそうなところは代わりに繊細《せんさい》なレース生地で覆《おお》って、首元まで隠した。手袋もすべてレース生地にして、二の腕まで覆っている。

スカートは背後の裾《すそ》部分を少し長くしたデザインだ。上にレースを重ねた二枚仕立てにして、軽やかさを意識させている。白一色だから、様々な色合いの大輪の花が咲き乱れるかのような女性陣の中では、地味かもしれない。

その代わり、ストロベリーブロンドの髪は高い位置でまとめ上げて毛先を巻いて散らし、ダイヤモンドのピンをいくつも差してみた。シャンデリアの光を受けて時折きらりと光る程度の装飾は、華美すぎずに彼の好みに合うだろう。だから早く彼を見つけて、この姿を見せたいのに。

求める姿は見つからず、リディアーヌは小さくため息をつく。それを拾ってくれるのは、またダンスに誘ってくる青年貴族だ。

「リディアーヌさま、こんばんは。今日もとてもお美しい」

「こんばんは、アルディア伯爵。誉《ほ》めて下さって、ありがとう」

王女としての笑みを浮かべると、伯爵は少し勢いを得たように続けた。

「お一人ですか？　よろしければ次のダンスをご一緒に……」

「まあ、光栄なお申し出、とても嬉《うれ》しいですわ。でも今、ちょっと兄さまに呼ばれてしまって……そちらに向かおうかと思っていたんです」

「……それは残念です。またの機会がありましたら、是非《ぜひ》」

「ええ、そのときは、是非」

残念がる伯爵に嘘《うそ》をついてしまったことを申し訳なく思いながらも、リディアーヌは貴族たちとの談笑の場にいる兄のもとへ向かおうとする。そうしなければ、ダンスを断ってしまった彼に言い訳が立たない。

（フェリクスさま……まだ来られないのかしら……）

無意識のうちに、瞳は彼の姿を探してしまっている。色の洪水を思わせるきらびやかなドレスを着た女性陣が、阻《はば》んでいるようにも思えるほどだ。

そのとき、大広間の女性陣の間で、控《ひか》えめながらも隠しきれないざわめきが生まれた。

もしかして、という気持ちを隠せずに、リディアーヌはざわめきに目を向ける。白を基調としたかっちりとしたデザインの騎士団の正装を身に纏《まと》った男性が三人、こちらに歩いてきていた。

一番左の男性は、厳格さをそのまま人間にしたかのような、冗談すら通じない印象を受ける三十代の男で、騎士団副団長のレナルド・ブロンデルだ。

残りの二人は、彼よりも若い。一番右にいる人なつっこい子犬を思わせる笑顔を浮かべているのは、シリル・ブランザ。騎士団長の秘書のような存在で、親友でもある。

そして中央の、女性陣の目をひときわ奪っているのが——リディアーヌが早く会いたいと願っていたその人だ。

フェリクス・カバネル。王家から分かたれたカバネル公爵家子息であり、コルディエ王国騎士団団長だ。どれほど暑くとも詰め襟《えり》の団服の首元を緩《ゆる》めることもしない。短くさっぱりと整えられたブラウンの髪と、優しく人当たりのいい柔らかな雰囲気を持つ青にも緑にも見える深いターコイズブルーの瞳。その瞳は、誰かと話すときにはいつも誠実にじっと見つめ返してくる。

それが、王族でも貴族でも民でも、変わらない。だからこそ今このとき、女性陣から少しはしゃいだ声が上がるのだろう。

「見て見て、カバネル騎士団長よ！　いつ見ても素敵……！」

「ええ、本当に。優しくて礼儀正しくて、あれこそ騎士団長の鑑《かがみ》ですわ。髪一筋の乱れもありませんもの」

フェリクスに向けられる女性陣の瞳は、どれもうっとりと見惚《みと》れるものだ。容姿はもちろんのこと、性格も血筋もいいとあれば、この場に集《つど》う女性たちが恋人として狙うのも当然だろう。リディアーヌは、胸に小さな痛みを覚えて俯《うつむ》く。

（フェリクスさまだったら、恋人にしたいと願えば大抵の女性は断らないと思うわ……私は、どうなのかしら……）

自分の容姿を、思わず見下ろしてしまう。清楚なデザインのドレスに身を包んだ自分の身体は、この大広間にいる令嬢や夫人たちに比べると、女性的な艶《あで》やかさには遠いように思えた。

（……もう少し胸も大きくて……腰もくびれていた方がいいわよね……）

フェリクスは、兄であるルリジオンの友人でもある。他の貴族や騎士たちよりも親密に王城を訪れることが何度もあり、リディアーヌも妹という立場を少しだけ利用して、会話の場に参加させてもらったりしていた。

彼女たちに比べれば、多少は優位なのかもしれないが——親しい友人の妹という立ち位置からは抜け出せていないように思える。

「……でも、カバネルさまの浮いたお話とかは、聞きませんわよね……？」

女性陣の一人が、周囲にさりげなく探りを入れる。互いの情報を密かに交換し合う彼女たちの声は先程よりも潜《ひそ》められていたが、リディアーヌの耳には届いた。

「わたくしは、何も聞いたことがありませんわ。ご夫人は？」

「私の方も何も。容姿の通り、髪一筋分の乱れもありませんわね」

「騎士団長の乱れるお姿……一度、見てみたいものですわね……」

それぞれがその様子を想像したのか、女性陣からはほうっと艶めいた吐息が漏《も》れる。はしたないことを想像してはいけないと思いつつも、リディアーヌも同じことをしてしまいそうで、それを抑えるために慌《あわ》てて掌で頬《ほお》を押さえた。

（い、いけないわ……！　こんなことを想像したなんて知られたら、フェリクスさまに嫌われてしまう……！）

「リディアーヌさま」

リディアーヌの背中に、フェリクスの呼び声がかかった。振り返れば、当人がこちらにやって来る。リディアーヌはすぐさまいつも通りに笑いかけた。

「こんばんは、フェリクスさま」

フェリクスは流れるような仕草でリディアーヌの前に膝《ひざ》をつくと、片手を取ってそっと指先にくちづけた。完璧な臣下の礼は洗練されていて、慣れているはずのリディアーヌですら心をドキリとさせてしまう。

「ご機嫌いかがですか、リディアーヌさま。今日のドレスはとても素敵ですね。貴女《あなた》に白はとてもよく似合っています」

「あ、ありがとうございます」

フェリクスの言葉には、お世辞のようなものは感じられない。心から誉めてもらえて、やっぱりこのドレスにしてよかったとリディアーヌは嬉しく思う。

フェリクスは立ち上がり、一緒についてきたシリルとレナルドにも同意を求めた。

「いつもお綺麗《きれい》ですが、今宵《こよい》も目を奪われるほどです。だろう？　二人とも」

「本当に。ご婚約のお話など、いつ持ち上がってもおかしくないです！」

シリルがにこやかに笑って話しかけてくる。童顔な彼はあまり年上な感じがしないため、友人に話すように答えられた。

「そんな……まだ、そんなお話は一つも。買い被りすぎです」

「そうなんですか？　だとしたら、見る目がない人が多いですね。な、フェリクス。お前もそう思うだろ？」

直後、レナルドが不快げにわざとらしい咳払《せきばら》いをした。和《なご》やかな空気が直後に壊れて、リディアーヌはハッとする。

レナルドが、リディアーヌに一礼した。

「ご挨拶《あいさつ》もきちんとせず、申し訳ありません、姫さま。ご機嫌うるわしゅう」

たしなめられたシリルはバツが悪そうな顔をしたあと、レナルドと同じようにリディアーヌに改めて挨拶する。何だか雰囲気がとてもよそよそしくなってしまったように思えて、少し寂《さび》しい。

「リディアーヌさま、一度離れさせていただきます。ルリジオンさまにご挨拶に伺《うかが》いますので。団長、行きますよ」

「私はまだリディアーヌさまと話をして」

「何を言っている！　このパーティの主催者はルリジオンさまだぞ。まずは彼に挨拶するのが道理だろうが！」

潜《ひそ》めた声ではあったが強い叱責《しっせき》を向けられて、フェリクスは残念そうに肩を竦《すく》めた。そんなに堅苦しくしなくてもフェリクスとルリジオンは友人関係にあるのだから、と思うリディアーヌの心を先読みしたかのようにレナルドは続ける。

「殿下とご友人だということに甘えるな。そういう関係だからこそ、礼儀はきっちり守るものだ！」

「……わかりました、レナルド。言うことを聞きます。リディアーヌさま、またあとでお話ししてもよろしいですか？」

「ええ、もちろんです」

リディアーヌの返答に、フェリクスは嬉しそうに笑う。今はその笑顔を見られたことで満足して、リディアーヌは彼らが兄のもとに向かうのを見送った。

せっかく会えたのにそれもわずかな時間だったことを残念に思いながら、リディアーヌは近くのソファに腰を下ろした。その隣に、数人の令嬢たちが近づいてきた。

同じ年頃ということもあって、パーティでは何度か話したことのある令嬢たちだ。

「リディアーヌさま、フェリクスさまとは仲がよろしいんですのね？」

「……そ、そうかしら……？」

「私たちにはそう見えますわ。フェリクスさま、必ずリディアーヌさまにはお声をかけますし」

ねえ？　と令嬢たちは、それぞれに顔を見合わせた。

言われてみれば、そんな感じもする。だがルリジオンの手前、気を遣ってくれているだけだとも思う。

リディアーヌは苦笑して首を振ろうとしたが、一人の令嬢が探るように続けた。

「もしかして……フェリクスさまとは、恋仲とか……？」

声を潜めた問いかけに、リディアーヌは真っ赤になってしまう。もしそうならばとんでもなく嬉しいが、残念ながらそうではない。

リディアーヌはスカートを握りしめながら、答えた。

「そ、それは、ないわ。ほら、フェリクスさまは優しい方でしょう？　兄さまと仲がいいし、そういった意味で気にかけて下さっているんだと思うわ」

確かにフェリクスは、機会があればリディアーヌに話しかけてくれたり、美味しいお菓子などを差し入れてくれたりして何かと気を配ってくれている。そこに男女の艶《つや》っぽさを感じられるものはなく、どちらかと言えば妹を気にかけている感じが強い。

（そう、わかっていることよ……）

「友人の妹だから、いろいろと気にかけてくださってるんです」

改めてもう一度繰り返せば、令嬢たちは安堵《あんど》の息をついた。彼女たちも、もし機会があればフェリクスの恋人になりたいと願っているのだろう。

「変なお話をしてしまって申し訳ありません、リディアーヌさま」

「気になさらないで。フェリクスさまはこの国の女性なら、誰もが一度は憧《あこが》れる方ですもの。誰が恋人になるかは、どうしても気になってしまうわ。……正直、私も気になります」

胸の痛みを綺麗に隠して、リディアーヌは少し冗談っぽく言う。令嬢たちは気さくなリディアーヌの言葉に気を許して、いつものように女同士の話に移ってくれた。

会話を続けながら、ちらりとフェリクスの様子に目を向ける。ルリジオンと話が弾んでいるようで、しばらくこちらに来る気配はなさそうだ。

（今日のダンス、最初のお相手は無理かしら……）

別にフェリクスと一番はじめに踊らなくては死んでしまうわけではないのだから、と、自分に言い聞かせる。グラスを傾《かたむ》けてシャンパンを一口飲むと、令嬢の一人がリディアーヌにそっと耳打ちしてきた。

「リディアーヌさま、あちらの御方……リディアーヌさまと踊りたそうですわ」

言われて目を向ければ、確かにリディアーヌの方をちらちらと見ている男性がいる。顔見知りの伯爵子息だった。フェリクスがまだ戻ってきそうにないため、ささやかな願いは諦《あきら》めた方がよさそうだ。

（私の気持ちはどうあれ、私は王女なんだもの。しなくちゃならないことは、しなくては）

王族の一員として、貴族たちとのつながりは無視できない。

リディアーヌは、グラスを隣の令嬢に預ける。それがダンスの申し込みを許可する合図だと、彼も気づいたはずだ。気づかなければ、この社交の場ではやっていけない。

伯爵子息が、談笑していた相手に一言断ってからこちらにやって来ようとする。リディアーヌは彼が目の前にやって来るのを待っていたが、数瞬後に目の前に颯爽《さっそう》と姿を見せたのは、フェリクスだった。

あまりにも予想外の展開に、リディアーヌは瞳を瞬かせてしまう。フェリクスはこちらの心が柔《やわ》らかく解《ほぐ》れるような優しい笑みを浮かべた。

「リディアーヌさま。よろしければ一曲、お相手していただけませんか？」

フェリクスの肩の向こうで、伯爵子息が唖然《あぜん》とした表情で立ち止まっている。申し訳ないと思いつつも、まだ自分のところにたどり着いていなかったからと心の中で言い訳をして、リディアーヌは差し出されたフェリクスの手を取った。

「喜んで」

ソファから立ち上がると、フェリクスがすぐにリディアーヌの腰に片腕を回し、優しく抱き寄せた。

包み込まれるようにリードされながら、大広間の中心へと向かう。すでに何組も踊っている最中で優美なワルツの音楽が流れていたが、リディアーヌとフェリクスが加わると、楽団は新たな音楽を最初から奏でてくれた。

リディアーヌはフェリクスの心地よいリードに身を委《ゆだ》ねて、ステップを踏んだ。これまでにも何人かの男性とこうした場でダンスをしたが、フェリクスとのダンスが一番楽しい。

フェリクスも自分と同じ気持ちだといいけれど。そう思いながらちらりとフェリクスを見やると、彼も楽しそうな微笑を浮かべていてほっとする。

「どうかしましたか？」

少しじっと見つめすぎてしまったらしい。フェリクスが、気遣うように、尋《たず》ねてくる。踊りながらだったため、深いターコイズブルーの瞳が流し目になり、いつにない艶っぽさを感

じてドキドキしてしまった。

そのせいで足がもつれそうになったがフェリクスが上手にリードしてくれて、危《あや》ういことにはならない。

「大丈夫ですか、リディアーヌさま。もしや、どこかお身体の具合でも……」

「い、いいえ！　大丈夫！」

心配してくれるのは嬉しいが、一曲は最後まで踊りたい。自分と踊り終われば、別の令嬢や夫人と踊るのだろうから。

「ルリジオン殿下からも、リディアーヌさまのことはお願いされています。何かご心配なことや気にかかることがありましたら、遠慮なくお話しして下さい。私にできることならば、何でもいたします」

「に、兄さまに頼まれてるって……い、いったい何をですかっ？」

何か余計なことを言っているのではないかと、リディアーヌは心配になってしまう。フェリクスは安心させるように優しく笑いかけた。

「変なことは何も言っていませんよ。ただ、リディアーヌさまは男性に慣れていないから、悪い虫がつかないようにこういう場では見ていてくれと」

「そ、そんなことを……？」

心配してくれるのはありがたいが、そんなことを頼まないで欲しい。

確かに男女の仲のことには慣れていないが、自分はもう年頃だ。まだまだ子供だと言われているようで、悔《くや》しい。

(フェリクスさまに、呆《あき》れられてしまったんじゃ……)

「リディアーヌさま。恐いお顔をされています。貴女の魅力が半減してしまうのは、寂しいですね。お気に障《さわ》るようなことを言ってしまい、申し訳ありません」

淀《よど》みなくダンスを続けながらも、フェリクスはひどく申し訳なさげに言ってくる。リディアーヌは慌てて首を振った。

「ち、違います。フェリクスさまに怒っているのではなくて……兄さまに、怒っているんです」

「どうしてですか？　殿下は妹君をとても大切にされているだけです」

「だって、私はもう小さな子供ではないのに……」

腰を支える腕に、少し力がこもった。胸の膨《ふく》らみがフェリクスの胸に押しつけられそうなほど近くに引き寄せられて、リディアーヌは小さく息を呑《の》む。

ステップの都合による急接近だ。次の瞬間には離れてしまったが、フェリクスの纏《まと》う深みのあるフレグランスの香りを感じてしまい、危うく目眩《めまい》を覚えてしまうところだった。

フェリクスはこちらを見ずに頷《うなず》いた。

「そうですね、リディアーヌさまはもう子供ではなく、立派なレディです。ですから、殿下も心配されるのですよ。決して子供扱いされているわけではありません」

優しく誠実な声音で諭《さと》されると、こちらがだだをこねているように思えてしまう。リディアーヌは少し肩を落としてしまいながら、思わず言った。

「フェリクスさまがこうして何かと私を気にかけて下さるのは、兄さまに言われたからですか？」

リディアーヌの心内を素直に写し取った言葉は、拗《す》ねた響きを含んでしまっている。それに、リディアーヌは気づけていない。

フェリクスが少し驚いたようにリディアーヌを見た。

「……いいえ。もっと個人的な理由からですよ」

「……え……？」

ひどく意味深な反応に、リディアーヌのステップが止まりそうになる。躓《つまず》いてしまったリディアーヌの身体《からだ》を、フェリクスが柔らかく支えた。おかげで、無様《ぶざま》に転ぶことはない。

音楽は、終わりのフレーズに入っている。曲が終われば次には別の申し込み者と踊らなくてはならない。フェリクスとだけずっと踊ることはできない。

「フェ、フェリクスさま、あの……い、今のはいったいどういう……」

過剰な期待をしてはいけないと理解しても、可能性はあるかもしれないと期待してしまう。食い入るように自分を見上げてくるリディアーヌに、フェリクスは苦笑した。

「とても大切なことです。このような衆人の中でお話ししたくはありませんね」

こんなふうに言われたら、ますます期待が高まってしまう。リディアーヌはしばし考え込んだあと、頬を赤くしながら言った。

「じゃ、じゃあ、庭に……出ませんか……？」

まるでフェリクスを誘っているようで、恥ずかしい。そんなはしたない女性を、フェリクスはきっと好まないだろうに。

「あ、あの……月が綺麗に見える場所があるんです。そこにお茶を用意させますから、休憩しませんか？」

フェリクスは一瞬迷った表情を見せたあと、苦笑する。

「いいですね。私も少し休みたいと思っていました。ですが、私と二人きりでいるところを誰かに見られたら、リディアーヌさまが困りませんか？」

先程、おしゃべりをした令嬢たちの言葉が思い出される。自分の体面を気にしてくれるフェリクスの誠実さに改めて心ときめかせながら、リディアーヌは小さく笑った。

「私は王女ですから、噂《うわさ》を立てる側にもある程度の勇気が必要でしょう。ですからどうぞお気になさらないで下さい。あ…でも、フェリクスさまの方こそ、私との噂が立ったら……」

「それは私にとって、光栄なことです」

大袈裟《おおげさ》な、と今度はリディアーヌが苦笑してしまいそうだ。だがフェリクスは穏やかな微笑を崩さない。彼にとっては当たり前のことらしい。

「ですが、予防線は張っておきましょう」

言ってフェリクスは、リディアーヌと一緒にルリジオンのもとに向かう。ルリジオンはレナルドと話をしている最中だった。

フェリクスが声をかけると、ルリジオンは友人特有の砕《くだ》けた笑みを見せた。

「ああ、フェリクス。リディアーヌの面倒を見てくれていたのか」

「兄さま、面倒なんて言い方、ひどいわ……!!」

「殿下、その言い方は妹可愛《かわい》さとはいえ失礼ですよ。リディアーヌさまはもういつご結婚されてもおかしくない、立派なレディなんですから」

怒りを代弁してもらえて、何だか心がくすぐったい。リディアーヌは嬉しかったのだが同席していたレナルドは、直後に厳しい目をフェリクスに向ける。

「団長、今のは不敬ですぞ」

「レナルドは堅苦しいなあ。フェリクスは僕の友人だよ。このくらいで怒らないって」

苦笑するルリジオンに、しかしレナルドは生真面目な表情のままだ。自分の忠告は間違っていないと信じきっている。

「しかし、周囲への示しというものがあります」

引き下がらないレナルドに、ルリジオンはさらに苦笑した。

「フェリクスは品行方正で、騎士団長を立派に務めてる。そのフェリクスのことでさらに厳しいことを言うのは、お前くらいだよ」

「歴代最年少で団長になられた方です。お家柄だからとか殿下の御友人だからなどといらぬ陰口を叩かれないためにも、私くらいの厳しさがちょうどいいかと思います」

リディアーヌからすれば、見方によっては目の敵《かたき》にしているようにも思えてしまう。レナルドのような存在が傍《そば》にいたら、息が詰まってしまいそうだ。

だがフェリクスはいつものことなのか、軽く肩を竦めただけだ。

「いろいろと気を遣っていただいて、むしろありがたいです」

レナルドの瞳が厳しくなったような気がする。瞬きの次の瞬間にはそんな様子はなくなっていたから、気のせいだったのかもしれない。

ルリジオンが気を取り直して問いかける。

「で、どうしたんだ？」

「リディアーヌさまが少し外の空気を吸いたいとおっしゃられまして……僭越《せんえつ》ながら私がお供したいと思うのですが、よろしいでしょうか？」

「わざわざそんな許可を取らなくても……」

途中で何かに気づいたのか、ルリジオンは小さく笑う。何かを企《たくら》むかのような笑みは、王子としてではなく友人としてのものだ。

「ああ、わかった。許す。ゆっくり休憩してこい」

「ありがとうございます。ではリディアーヌさま、案内をお願いできますか？」

レナルドはまだ何か言いたそうだったが、兄から正式に許可をもらったのだから二人きりのところを見られても大丈夫だ。もしかして予防線とはこれかとリディアーヌは気づき、改めてフェリクスの気遣いに喜ぶ。

はしゃいではいけないと自分に言い聞かせながらも、リディアーヌはフェリクスを連れて大広間をあとにした。

大広間を出て少し歩くと、庭園の入口だ。庭師が丁寧に芸術的に整えてくれている生け垣や花壇などが、今は静かに眠りについている。入口には薔薇《ばら》が絡みつくアーチがあり、リディアーヌはそこをフェリクスと一緒にくぐった。

大広間から少し離れただけだったが、音楽とおしゃべりのざわめきが遠のいて、ずいぶん静かに感じられる。まるでフェリクスと二人で別世界に入り込んでしまったようだ。

フェリクスは万が一の事態が起こったときに護《まも》るためか、スカートの膨らみが触れそうなほど近くに寄り添ってくれている。こんなに近くにいてもらえて嬉しいのだが、心臓は壊れそうなほどに高鳴ってしまう。

（い、嫌だわ……心臓の音、聞こえないわよ、ね……？）

「静かですね」

知らずに黙り込んでしまっていたリディアーヌを気遣ったのか、フェリクスが柔らかい声で話しかけてきた。

「そ、そうですね。まるで……」

「別世界に迷い込んでしまったようです」

自分と同じことを感じていたことを知って、嬉しい。リディアーヌはフェリクスに満面の笑みを向けた。

「私も、同じことを思いました」

「そうですか。それは嬉しいです」

フェリクスからも笑みを返されて、リディアーヌは頬を染めた。

夜とはいえ、今夜は月が綺麗だ。白銀の控えめな月光のせいで、今の自分の顔が見られてしまうかもしれない。リディアーヌは慌てて足を速める。

「あ、あの、フェリクスさま。場所はあちらなんです。もうすぐで……あ……っ！」

爪先が小石に当たって、躓いてしまう。フェリクスが危なげなく片腕を伸ばして、リディアーヌを抱き留めてくれた。

「ご、ごめんなさい……」

「大丈夫ですか？　足を挫《くじ》いたりなどされていませんか？」

「え、ええ、大丈夫……」

心配してもらえるのは嬉しいが、こんなそそっかしいところを見られて恥ずかしい。先程ルリジオンに子供扱いしないで欲しいと言った手前、余計だ。

やっぱり子供じみていると思われただろうかと不安になるリディアーヌに、フェリクスは白手袋に包まれた片手を差し出してきた。

「リディアーヌさま、どうぞ私の手に掴《つか》まって下さい。月明かりがあるとはいえ、夜です。よく見えないところがあっても仕方ありません」

（……もう……フェリクスさまには敵《かな》わないわ……）

こうしてさりげなく、リディアーヌの自尊心を傷つけないようにしてくれる。リディアーヌはフェリクスの掌に指先をそっと乗せた。

リディアーヌの指を受け止めて、フェリクスが優しく包み込むように握りしめてくる。手袋越しに伝わってくるぬくもりが、心地いい。

リディアーヌはフェリクスに手を取ってもらって、目的の東屋《あずまや》にたどり着いた。

円柱型の東屋は、月がこの庭園の中で一番よく見えるところだ。周囲を腰の位置まである生け垣で、ぐるりと囲まれている。

丸みを帯びたドーム型の天井はよく磨かれた硝子《ガラス》で作られていて、今夜の月と星の穏《おだ》やかな光を柔らかく受け止めていた。昼間はここに、レースの日除けがかかる。

月がいい具合に見える位置に、リディアーヌはフェリクスを導いた。椅子ではなくベンチのため、隣り合って座る距離はすぐに肩が触れ合ってしまいそうなほど近い。

「どうですか……？」

二人で月を見上げながら、リディアーヌは問いかける。フェリクスは、ここを気に入ってくれただろうか。

「これは大変いい場所を教えていただきました。美しい月がよく見えます」

フェリクスが喜んでくれて、リディアーヌは安堵の笑みを返す。その頃には召使いたちが何人かやってきて、テーブルに紅茶を用意してくれた。芳《かぐわ》しい香りで満たされたカップを、リディアーヌはすすめる。

フェリクスは丁寧に礼を言ったが紅茶には手をつけず、代わりにジャケットの内ポケットから絹のハンカチに包まれたものを取り出した。

「どうぞ。リディアーヌさまに」

きちんとしたプレゼント包装をされていないからこそ、気負わずに気楽に受け取ることができる。これもフェリクスの気遣いだろう。

リディアーヌはハンカチを受け取り、中をそっと開く。そこには菫《すみれ》の花を型どったイヤリングがあった。

シンプルなデザインだったが、使われているアメジストの透明度は高く、小振りながらも価値の高いものだ。

「……素敵……！」

好みのデザインに、リディアーヌは思わず歓声を上げてしまう。リディアーヌの反応に、フェリクスも嬉しそうだ。

「この間、母宛てに当家のお抱え宝石商が来たんです。そのときにこちらが目に留まりまして……リディアーヌさまにお似合いだと思ったんです。リディアーヌさまの瞳の色と、同じですし」

早速耳に着けてしまいたくなるのをひとまず抑え、リディアーヌは申し訳ない顔になった。

「でも……この間も、可愛いチョコレートを贈っていただいて……」

甘いものは好きだし、チョコレートの花の細工も食べてしまうのが心苦しくなるほど可愛くて、とても気に入った。だがフェリクスはこれだけではなく、他にも菓子に限らず小物やアクセサリーをプレゼントしてくれる。

フェリクスの財力を考えれば、さほどのことでもない。彼はこうやって、機会があればリディアーヌが喜ぶものを、こちらが気後れしないように贈ってくれていた。ハンカチ、ブローチ、花……それらはすべて、リディアーヌの宝物になっている。

「リディアーヌさまに似合うと思うと、どうしてもお贈りしたくなって……ご迷惑でしょうか」

心配そうな問いかけに、リディアーヌは慌てて首を振る。あまりにも勢いがつきすぎて、首がちぎれてしまいそうだった。

「め、迷惑なんて、そんなことありません……!!　とても嬉しいです！」

「そう言っていただけると、安心します」

フェリクスの安堵の笑みに、リディアーヌもほっとする。

そういえばフェリクスがこんなふうに贈り物をしてくれるようになったのはいつからだったろうかと記憶を探って――リディアーヌは彼と親密になるきっかけとなった事件を思い出した。


――あれは、一年ほど前の事件だった。

王女としての公務で、教会に慰問に行った帰りだった。教会には身寄りのない子供や拾われた子供たちが引き取られていて、大袈裟な警護にすると彼らを怯《おび》えさせてしまうだろうと考え、リディアーヌはそのときの騎士の護衛を必要最低限の人数にした。それが相手には好都合となり、城帰の途中で強盗に襲われてしまったのだ。

ならず者たちはリディアーヌが王女だとは気づいておらず、何処《どこ》かの裕福な貴族令嬢だと勘違いして、アジトの山小屋に連れ去った。

そのとき一緒に連れ去られたのは、同行していた侍女と、抵抗できないように痛めつけられた騎士の一人だった。多勢を相手にしてはどうしても勝つことは難しい。何よりもリディアーヌが怪我人を増やすことをよしとせず、無駄な抵抗をしなかった。だからその程度の傷で済んだのだと、あとでわかったのだが。

リディアーヌを必死で守ろうと、侍女は身を擦《す》り寄せるように傍にいてくれた。だがリディアーヌと同じく後ろ手に縄で縛《しば》られてしまっては、次に殺されるかもしれない恐怖を隠しきることはできず、ブルブルと震えてしまっている。

「リ、リディアーヌさま……わ、私たち、これからどうなるんでしょう……」

リディアーヌも、恐ろしくてたまらなかった。

身代金を得るためにすぐに殺されることはないかもしれないが、彼らの機嫌が悪くなったらその保証もない。それに、敵の中にはリディアーヌと侍女を下卑《げび》た笑みで舐《な》め回すように見ている者もいる。貞操の危険も充分にあり得た。

(恐いわ、兄さま)

家族の中では一番近くにいるルリジオンに、心の中で助けを求めてしまう。手首に食い込む縄が身体をギシギシと痛めて、泣きたい気持ちにさせた。

だがここで弱気な面を見せたら、侍女たちにさらなる心配をかけてしまう。だからリディアーヌは恐怖で真っ青になりながらも、侍女に笑いかけた。

「大丈夫よ、きっと大丈夫。兄さまがこのことに気づいて、助けを送ってくれるわ。だからあともう少し、私と一緒に頑張《がんば》りましょう」

強張った笑みではあったが、侍女には充分な励《はげ》ましになったようだ。侍女は気を取り直して強く頷く。

「はい、そうですね。リディアーヌさまのおっしゃる通りです」

侍女の声に少し気力が戻ったのを感じ取って、リディアーヌはほっとする。そのとき、ならず者たちがにやにやと笑いながら、リディアーヌに近づいてきた。

「傍に寄らないで！」

侍女がリディアーヌの前に身体を割り込ませるが、男の腕にあっさりと押し倒されてしまう。転がって呻《うめ》いた侍女の名を呼んだリディアーヌの顎《あご》を男の汚れた手がわし摑み、自分の方を向かせた。

「リディアーヌさま！」

侍女と騎士が、血相を変えた。

リディアーヌはこれから何をされるのかと恐怖で顔を紙のように白くさせ、がたがたと震え始めてしまう。男たちはそんなリディアーヌの反応を、楽しんでいた。

だからこそ、泣くことだけは絶対にしないよう、自らに言い聞かせる。彼らを余計に喜ばせては、いけない。

（でも、恐いわ……!!）

「さて、あんたはどこのお貴族さまだい？　身代金を要求するにも、どこに言えばいいのかわからないとなぁ」

王女の身分を明かすのは、躊躇《ためら》われた。王族を誘拐したとなれば、彼らならば問答無用で死刑だろう。それを避けるために、リディアーヌたちを殺すかもしれない。

リディアーヌが黙っていると、男の一人が短剣を取り出し、騎士の肩口に容赦なく刃を突き立てる。鉄錆びた匂いと押し殺した苦痛の呻きに、リディアーヌは大きく目を瞠《みは》った。

「何をするの……!?」

「あんたがちゃんと答えねぇと、あいつを殺す」

なんて卑怯《ひきょう》なことを、という罵倒《ばとう》は、何とか飲み込んだ。リディアーヌは代わりにきつく唇を噛《か》みしめる。選択権は、リディアーヌになかった。

「リディアーヌさま、いけません……！」

止血ができない状況であるにもかかわらず、騎士はリディアーヌを止めようとする。リディアーヌは危険を承知しながら、唇を動かそうとした。

(だって今は、これしか方法がないもの……!!)

――直後、山小屋の窓が割られ、扉が蹴《け》り破られる。

「……!?」

男たちが一斉にそれぞれの武器を持って反撃しようとしたときには、遅かった。数人の騎士たちが窓や扉から飛び込んできて、次々と男たちを確保していく。

男たちは力技で反撃しようとするが、訓練され統率の取れた騎士たちには敵わない。次々と確保されていく。

リーダー格の男はリディアーヌの一番近くにいて、だからこそ容赦なくリディアーヌの首を摑んで立たせた。

「……んく……っ」

息が詰まって苦しい。だがここで自分が暴れたら、きっと助けに来た騎士団の面々が動きづらくなる。リディアーヌは耐えた。

「おい、てめぇら！　これが目に入ら……」

男がリディアーヌの喉元に、長剣の刃を押しつけようとする。だがそれよりも早く戦いの中から飛び出してきた長身の影が、男の剣を持つ手に手刀を撃ち込んだ。

剣が落ち、リディアーヌの喉から縛《いまし》めの手が離れる。前のめりに倒れ込みそうになったリディアーヌを抱き留めた騎士は、もう片方の手を拳《こぶし》にして、男の横っ面に打ち込んだ。

どうっ、と倒れた男を、他の騎士たちが確保する。罵倒の声を塞ぐためにすぐさま猿ぐつわを嚙ませたため、周囲が急に静かになった。

リディアーヌの身体を抱き寄せたまま、騎士が顔をのぞき込んでくる。ひどく心配そうなターコイズブルーの瞳は、見知ったものだった。

コルディエ王国騎士団団長、フェリクスのものだ。

「大丈夫ですか、リディアーヌさま！」

「え、ええ……大丈夫です……」

だが言葉に反して、すぐに目の前が暗くなる。軽い貧血だとわかったが、脚に力が入らない。

「失礼します」

フェリクスはリディアーヌをふわりと抱き上げた。

「え……っ」

軽々と横抱きにされて、まるで身体の重みが消えたかのようだ。フェリクスはリディアーヌを抱き上げたまま、狭い山小屋を出ていく。

外の空気は新鮮で、リディアーヌは思わず深呼吸した。フェリクスは椅子代わりになりそうな切り株を見つけると、そこにポケットから取り出したハンカチを敷いてから座らせてくれる。

「大丈夫ですか、お怪我《けが》は……」

「平気です」

無用な心配をかけないつもりだったが、フェリクスにはお見通しらしい。リディアーヌの喉元と手首の具合を、確かめてくる。

ましょう」

「痕《あと》がついてしまっていますが……数日で消えるでしょう。王城に戻ったら、すぐに冷やし

「団長、裏手に井戸がありました！」

部下が濡らしたハンカチを、フェリクスに渡す。それでリディアーヌの喉と手首をそっと押さえ、冷やしてくれた。ひんやりとした感触が、心地いい。

「……ありがとう……」

「いいえ、礼には及びません」

「……でも、どうしてフェリクスさまが、こんなに早く……？」

「ここ最近、この辺りを根城《ねじろ》にしている盗賊がいるとの情報を得ていましたので、見回りをしていたんです。この山小屋も何か不穏な感じがしたので近づいてみたら、リディアーヌさまがいらっしゃって——私の方が死にそうでした」

死ぬ、と言葉に、リディアーヌはハッとする。

「二人は大丈夫なの!?　護衛の騎士は怪我をして……」

「大丈夫です。騎士は身も心も鍛《きた》えていますから、あのくらいでは死にません。一緒に居た侍女は、私の部下が保護しています。目立った怪我もなく大丈夫でした」

「そう……よかった……」

騎士の鍛練《たんれん》については正直よくわからなかったが、フェリクスがそう言うなら信じられる。

侍女も騎士たちに保護されて、心底安心しただろう。

ほっとしたら急に身体が恐怖を思い出したかのように、震《ふる》え始めた。

「……リディアーヌさま……」

「ご、ごめんなさい、大丈夫です。少し、恐かっただけ……」

張り詰めていた心が緩んで、泣きそうになる。フェリクスはそんなリディアーヌを気遣いの瞳で見つめながら、団服の一部である白手袋を脱いだ。

「リディアーヌさま、お手に触れることをお許し下さい」

「……あ……」

フェリクスの両手が、リディアーヌの手を包み込む。フェリクスの手は大きく、それにすっぽりと包まれて、伝わってくるぬくもりがとても安心させてくれた。だがその温かさが、堪《こら》えていた涙を溢《あふ》れさせる。

（泣いては、駄目……）

泣いたら、フェリクスはひどく心配する。だが、止まらない。

フェリクスの気遣いの視線が、強く感じられた。

「ご、ごめんなさい。すぐに治まりますから……」

「リディアーヌさま……！」

フェリクスの両手が、リディアーヌの身体に触れた。直後には強く引き寄せられて、広い胸に顔を埋めてしまう。

清廉潔白《せいれんけっぱく》な彼が突然こんなふうにしてくるなんてと驚いてしまい、リディアーヌは身を強張らせる。だがフェリクスの片手が優しく宥《なだ》めるように背中を撫《な》でてくれて、次第に安心してきた。

「リディアーヌさま」

フェリクスの指先が、リディアーヌの目元をそっと撫でてくれる。こんなふうに涙を優しく指先で拭い取ってもらえるともっと溢れてしまうから、困るのに。

（でも、とても安心する……）

「大丈夫ですよ、リディアーヌさま。もう大丈夫です。私がお傍にいます」

繰り返される気遣いの言葉が、リディアーヌの心にゆっくりと染み渡っていく。その声音も優しく温かくて、リディアーヌの涙はなかなか止まらない。

「……ごめんなさい、フェリクスさま。私、こんなに泣いてしまって……」

「大丈夫です、気になさらないで下さい。リディアーヌさまが落ち着かれるまで、お傍にいます」

「……ご、ごめんなさい。すぐ……すぐに、泣き止むから……」

「いつまででも、大丈夫ですよ」

フェリクスの指が目元から動いて、頬を優しく撫でる。けれど抱きしめてくれる腕は強いまま、変わらない。その優しさが胸に滲《にじ》んで全身に広がり、彼を好きになるかもしれないと甘い予感を与えてきた。

そしてその気持ちは今、とても大きく育ったのだ。

「フェリクスさま、あの事件から私に贈り物をよくして下さってますね……」

「あの誘拐《ゆうかい》事件は、リディアーヌさまのお心に深い傷を作りましたから。少しでもお慰めになればと思ったんです」

フェリクスの優しい言葉に、リディアーヌは微笑む。

「嬉しいです。でもあれから一年経ちました。私はもう大丈夫です」

フェリクスからの贈り物が嫌なわけではなく、これ以上彼に気遣いをされるのが申し訳ないと思ってのことだ。だがフェリクスは、途端《とたん》にとても寂しそうな顔になる。

「そうですか……贈り物を理由に、リディアーヌさまとこうしてお話しできる機会もなくなってしまうのですね……」

「……え……っ、あ、あの……フェリクスさま……っ？」

フェリクスの言い方はまるで、リディアーヌとの個人的な接触が持てなくなることを悲しんでいるようではないか。期待してはいけないと思いつつも、リディアーヌは心を弾ませてしまいそうになる。

（そ、それって、フェリクスさまが私のことを……特別に想って下さっているのではないかって……）

特別な想いが、必ずしも恋愛感情とは限らない。でも、もしも。

問いかけようとしても、言葉は出てこない。ここで決定的な答えを聞いてそれが自分の望むものでなかったら——立ち直れそうになかった。

フェリクスは、何かを待っているようだ。向けられる視線にしかしリディアーヌはどう応えればいいのかわからず、口ごもる。

やがてフェリクスが、小さく苦笑の息をついた。

「リディアーヌさまには少し難しかったかもしれません。ならば、私から言わせて下さい」

「……何、を……ですか……？」

隣り合って座っていたフェリクスが立ち上がり、リディアーヌの足元にひざまずいた。

利き手を胸に押し当てて、頭《こうべ》を垂れる。ブラウンの髪がさらさらと流れ落ちて、その感触に触れてみたいなどと思ってしまう。

「リディアーヌさま、突然の無礼をお許し下さい」

「……フェリクス、さま……？」

フェリクスが、顔を上げる。月光を受けていつも以上に神秘的に深まるターコイズブルーの瞳が、リディアーヌを射貫《いぬ》くようにまっすぐに見つめていた。

いつもの優しく柔らかい雰囲気とは少し違う。見つめられる瞳に熱っぽさが含まれていて、リディアーヌの胸はドキドキしてしまう。呼びかけることもできず、リディアーヌは息を詰めてフェリクスの次の言葉を待つ。

フェリクスは、じっと熱くリディアーヌを見つめたままで言った。

「リディアーヌさま、どうか私の妻になって下さいませんか」

「……っ!?」

あまりにも唐突すぎる結婚の申し出に、リディアーヌは大きく目を見開いた。

「ど、どうして……？」

「あの誘拐事件のとき、リディアーヌさまは侍女や私の部下がひどい目に遭《あ》わないよう、取り乱さずに頑張っていらっしゃいました。身分の差も関係もなく、周囲に気を遣われていて……それは、とても優しくお心が強い証拠です。そのお姿を見て、王女とはこうあるべきなのかと感心いたしました。ですが、私が助け出したあとには涙を流されて……誘拐の恐ろしさと必死で戦っていらっしゃったのだと、実感しました。リディアーヌさま、貴女はとても優しい御方です。貴女の優しさは、周囲の者たちを癒すのです」

不必要に言葉で飾らずに、フェリクスは想いを伝えてくる。あまりにもまっすぐすぎて、リディアーヌは照れることも忘れてしまっていた。

ただ、フェリクスの想いが熱く伝わってくる。リディアーヌは思わず自分の胸元で、両手を握りしめた。

（これは……夢かしら……？）

フェリクスに、想いを告げられている。そして妻にと望まれている。これが夢なのか、現実なのか、わからなくなる。

フェリクスはリディアーヌが沈黙していることに少し不安になったのか、表情を曇《くも》らせた。

そして今度は照れくさそうにわずかに頬を寄せて——言いにくげに続けた。

「その……あのとき、私は貴女を一人の女性として意識して……好きに……なったんです」

「……え……？」

「リディアーヌさまのことは殿下の妹御《いもうとご》として、気にしていました。殿下もリディアーヌさまのことは心配していましたし……それまでは殿下の妹御として可愛らしく素直な方だ、としか思っていなかったんです。でも、あの事件でリディアーヌさまのことを、見直して……いえ、見直すなどというのは、失礼ですね……」

フェリクスの言葉は、いつもの彼からは想像できないほど洗練されていない。まるで女性に告白するのが初めてのようだ。

「と、とにかく！　あのときにリディアーヌさまを妻にしたいと思ったんです！」

恥ずかしくてたまらないというように、フェリクスは続ける。フェリクスの新たな一面を知ってリディアーヌは驚きながらも、だからこそその言葉を信じることができた。

「……嬉しいです、フェリクスさま……」

「リディアーヌさま、では……！」

「え、ええ、私……」

言葉にしたことで喜びを実感できたのか、リディアーヌの瞳から涙が一粒こぼれてしまう。

フェリクスが、驚きに息を呑んだ。

「リ、リディアーヌさま⁉　大丈夫ですか⁉」

「……だ、大丈夫です……あの、これは……嬉しくて……」

「……そうですか……」

フェリクスがほっと安堵《あんど》の息をつく。その様子がいつもの彼より素直に感情を表していて、リディアーヌは小さく微笑んだ。自分の一挙手一投足に緊張していたのかもしれない。

目元の涙を拭《ぬぐ》おうとする。だがそれよりも早くフェリクスの手が動き、指先でリディアーヌの涙を拭ってくれた。

「ありがとうございます、フェリクスさま。あまりにも急なお申し出だったので、夢のようでびっくりしてしまって……」

「実は、急ではないんです。ルリジオン殿下や国王陛下には、貴女に求婚してもいいとお許しをいただけるよう、動いていました。それがこんなに遅くなってしまって……貴女がその間に誰か他の男のものになってしまったらどうしようかと、実はいつもひやひやしていたんです」

フェリクスが自分の知らないところでこのために動いていたことを知らされて、リディアーヌは正直驚いてしまう。まさかそんなに前から、自分に求婚するために必死になってくれていたとは。

「……全然、気づきませんでした……」

フェリクスが、苦笑する。

「私も、女性に求婚するのは初めてでしたので……まだまだ、というところでしょうか」

「ご、ごめんなさい……っ」

自分の鈍《にぶ》さがフェリクスの心を傷つけてしまったかと、リディアーヌは慌てて謝罪する。

フェリクスはますます苦笑を深めて、軽く肩を竦《すく》めた。

「そこで謝ってしまうのが、貴女ですね」

「だ、だって私が気づかなかったから、フェリクスさまを不安にさせて……」

「私が勝手に懸想《けそう》していただけです。貴女には何の責任もありません」

リディアーヌは次に何を言えばいいのかわからなくなってしまう。フェリクスは、そんなリディアーヌを見返して、やるせなさそうな吐息をこぼした。

「……どうしたものでしょうか……貴女の困った顔も、とても可愛らしい」

「フェ、フェリクスさま？」

「……いえ、失礼いたしました。お返事を聞かせていただけないでしょうか、リディアーヌさま」

求婚の申し出を宙ぶらりんにしてしまったことに気づき、リディアーヌは慌てて居住まいを正す。そして未だひざまずいたままのフェリクスに向かって小さく息を呑んだあと、満面の笑みを浮かべて頷いた。

「お申し出、お受けいたします！　わ、私も……いつも優しくて高潔なお考えを持たれるフェリクスさまに、ずっと前から憧れていたんです……！」

「ありがとうございます……！」

フェリクスが立ち上がったと思ったら、リディアーヌに腕を伸ばす。そして柔らかく抱きしめてきた。

急に抱擁《ほうよう》されて、今度は別の意味で驚いてしまう。ふんわりと包み込まれる優しい抱擁だが、リディアーヌの心をドキドキさせるには充分だ。リディアーヌはどう反応したらいいのかわからず、フェリクスの腕の中で固まってしまう。

「リディアーヌさま……！」

フェリクスの両手が、リディアーヌの頰を包み込む。そのまま上向けさせられて、リディアーヌはまさかと小さく息を呑む。

瞳を閉じたフェリクスの端整な顔が近づき、リディアーヌの額に唇が押しつけられた。柔らかいくちづけに、リディアーヌは思わず目を閉じる。

フェリクスの唇は額から瞼《まぶた》へ、鼻先から頬へと次々にくちづけを与えてくる。唇の端にくちづけられ、リディアーヌはこれから訪れるだろう甘やかなそれを、小さく身を震わせながら待った。

(フェリクスさまとの、くちづけ……)

フェリクスの吐息が、唇に触れる。柔らかく唇が押しつけられ、軽く啄《ついば》まれた。

「……ん……っ」

初めてのくちづけは、とても幸せな気持ちにさせる。フェリクスは唇を押しつけるだけのくちづけではおさまらなくなってしまったらしく、軽く息を呑むとリディアーヌの唇を押し割ろうとしてきた。

フェリクスの舌先が、唇に触れる。初めて感じる他人の舌の熱と濡れた感触に、リディアーヌはびくりと反応してしまう。

リディアーヌの身体の強張りに気づき、フェリクスが慌てて身を離した。

(え……？)

本能的にもっと深いくちづけを与えられるのだと思っていたのにそれを止められて、リディアーヌは驚いて瞳を開く。フェリクスが、何かに耐えるような顔をして、リディアーヌの身体を引き剝《は》がした。

「す、すみません……！」

「フェリクス、さま……？」

何だか突然突き放されたような気がして、リディアーヌは不安げにフェリクスを見返した。

フェリクスはその視線を受け止めて、慌てて続ける。

「嬉しくてつい……勝手にくちづけを……！」

フェリクスの優しさに、リディアーヌはほっとする。突然くちづけをしてしまったことを申し訳なく思ってくれたからか。

「だ、大丈夫です。ド、ドキドキして、どうしたらいいのかわからなくなってしまっただけなので……」

正直に答えてしまったリディアーヌを、フェリクスは甘やかな瞳で見下ろしてくる。初めて見る彼の甘さを含んだ瞳に、リディアーヌはさらに胸をときめかせた。

「フェ、フェリクスさま、あの……そんなふうに見ないで下さい……！」

リディアーヌは慌てて俯く。フェリクスが不思議そうに見下ろした。

「どうしてですか」

「だ、だって……もっとドキドキしてしまいますから……！」

「リディアーヌさま……どうしてそんなに可愛いんですか……」

「え……えっ？」

フェリクスは仕方なさそうに深いため息をついてから、リディアーヌを完全に離す。フェリクスが怒ってしまったのかと心配になったが、彼はリディアーヌを優しく穏やかに見返した。

今度の瞳は、大丈夫だ。リディアーヌはフェリクスと目を合わせて、嬉しげに微笑み合う。

「――フェリクスさま」

そこへ、控え目な声音ながらもフェリクスを呼ぶ召使いの声が届いた。フェリクスがリディアーヌの隣に座り直すと、召使いが走り寄ってくる。

「ご歓談中、申し訳ございません。フェリクスさま、ブランザさまがお呼びです」

「シリルが？　ならば少しくらい放っておいても大丈夫です。リディアーヌさまとのお話の方が大事です」

「い、いけません、フェリクスさま。お友だちだからといってないがしろにするのは……」

あっさりとシリルのことを無視しようとするフェリクスを、リディアーヌは慌ててたしなめた。シリルはフェリクスの秘書的な存在だ。もしかしたら仕事のことかもしれないのに。

「しかし、リディアーヌさまをお一人にするわけにはいきません」

自分を気遣ってのことだとわかり、リディアーヌは頬を染める。もともとの優しさに今は恋人の甘さが含まれていて、必要以上にときめいてしまうのを止められなかった。

「わ、私なら大丈夫です。ちょうどいいですから、彼女と一緒に大広間に戻ります」

「はい、では私がお供させていただきます！」

召使いは満面の笑みを浮かべて頷く。フェリクスは仕方なく立ち上がった。

「リディアーヌさまがそうおっしゃるのでしたら、仕方ありません。行ってきます。……今宵はもう一曲、踊っていただけますか？」

「ええ、喜んで！」

リディアーヌの答えに嬉しそうに笑って、フェリクスは急ぎ足で戻っていく。あの調子だと、さっさとシリルとの話を終えてダンスのためにリディアーヌのもとに戻ってきそうだ。

フェリクスが思った以上に溺愛《できあい》タイプだということに気づかされて、リディアーヌの心はくすぐったい。それが唇に笑みを浮かべさせ、歩きながらリディアーヌは意味もなく笑ってしまう。

「リディアーヌさま、フェリクスさまと何を話されていたんですか？」

「……えっ？」

「だってリディアーヌさま、とっても嬉しそうなんですもの」

リディアーヌは思わず両手で頬を押さえてしまう。そんなににやけてしまっただろうか。

何か期待しているような召使いの笑顔を見ていると、フェリクスに求婚されたことを話してしまいたくなる。だがこれは、王族の結婚だ。いくら今は政略結婚には関係ないとはいえ、不用意に口にしてはいけない。

「何でもないわ。フェリクスさまに優しくしていただけて、改めて素敵な方だと思っただけよ」

「確かにそうですわね！　この国の女性たちは、一度はフェリクスさまに憧れるほどですもの！」

フェリクスのことで女同士の話でささやかに盛り上がりながら、リディアーヌは歩く。ふと視線を上げると、前方からレナルドがやってきた。

「これは、リディアーヌさま。団長と一緒ではなかったのですか」

「今、シリルに呼ばれて先に戻りました。フェリクスさまに御用でしたか？」

「いいえ、少し涼みに来ただけです。しかし連れが召使い一人とは心細い。私が同行いたしましょう」

レナルドらしい気遣いだったが、リディアーヌはどうしても息苦しいような堅苦しさを感じて、苦笑してしまう。この王城で、しかも視界の中に大広間が見える場所で、不逞《ふてい》の輩《やから》に襲われる可能性などほとんどないというのに。

「レナルドは、心配性ですね」

「私は普通です。参りましょう」

レナルドの言葉に促され、彼と並んで歩き出す。

フェリクスとは違い、レナルドの隣は何だか言いようのない窮屈《きゅうくつ》さを感じた。堅苦しい態度が好意的なものからは遠いからかもしれない。

(でも、フェリクスさまと比べてはいけないわ。レナルドにはレナルドなりのいいところがあるかもしれないし……!)

誰かと誰かを比べること自体、おかしい。

リディアーヌは何か世間話でもしようかと、レナルドに話しかけようとする。その頃合いを見計らったかのように、レナルドが口を開いた。

「団長とは、ずいぶん楽しそうでしたね」

「……はっ、話を聞いていたの!?」

「いいえ。ただ姫さまがとても楽しげで嬉しそうでしたので」

勘違いに、リディアーヌは頰を染める。召使いにも同じことを言われてしまったのだが、そんなに顔が緩んでいるのだろうか。

「あ、あの……別に、たいしたことではないのよ。フェリクスさまは私をいつも気遣って下さるから、お話がとても楽しかっただけです」

「そうですか。こちらの勝手な見解ですが、まるで団長に告白でもされたかのような感じがしましたので」

「え……っ!?」

リディアーヌは真っ赤になって、レナルドから目を逸《そ》らす。その可愛らしい反応がレナルドの言葉を肯定してしまっていることに、本人だけが気づけていない。レナルドはいっそ無表情なほどの面もちで、リディアーヌを静かに見返した。

「団長もあれでなかなか手が早いのですね」

「わ、私は何も言っていませんよ？」

「姫さまの様子を見ればわかります。それに団長が姫さまを気にされているのはよくわかりました。では、求婚をされましたか？」

跳《と》び上がってしまいそうなほどに、リディアーヌはレナルドの予測に驚いてしまう。レナルドは常日頃から、ずいぶんとフェリクスのことに注目していたようではないか。

（でも、これは王族の結婚よ。いくらレナルドでも不用意に口にはできないわ）

軽く息を吸い込んで、リディアーヌは恥ずかしさを落ち着かせる。そして、レナルドに言った。

「それに答えることはできません。決定したことでなければ」

「そうですね、口にはできません」

たしなめを奪い取られて、リディアーヌは拍子抜けしてしまう。レナルドは前を向いたままで、続けた。

「もし団長に求婚されたとしたら、どうぞお気をつけ下さい」

「……何を言っているの？」

「清廉潔白に見えていても、団長も所詮《しょせん》は男です。野心があるからこそ、姫さまを取り込もうとしているのかもしれませんよ」

リディアーヌは無言でレナルドを見返す。レナルドは厳しい表情のまま、続けた。

「姫さはお美しく、この王国の王女であらせられます。その貴女を妻として手に入れることができれば、政《まつりごと》に関しての発言力も高くなります。団長の権力はますます強くなるでしょう。……男からすれば、そういう意味でも魅力的な方なのですよ」

それではまるで、フェリクスが野心のために自分に求婚してきたようではないか。レナルドの警告は、実際のフェリクスとは真逆の人物像で、リディアーヌは思わず笑ってしまう。

「冗談が過ぎるわ。フェリクスさまがそんな野心家だという噂は聞いたことがありません。兄さまからも聞いたことがないわ」

「団長は優秀な御方です。殿下にも気づかれないように、上手く隠しているのかもしれません」

どうあってもフェリクスの悪口をやめそうにないレナルドを、これ以上放っておくことはできない。少し諫《いさ》めようと口を開きかけたとき、レナルドが続けた。

「それだけではありません。これはもしかしたら私だけが知っていることかもしれませんが……最近団長は、シャブラン伯爵夫人のもとを訪ねているようです」

ドキ……っ、とリディアーヌの鼓動が小さく跳ねた。

初めて耳にしたフェリクスの異性関係の話は、深刻さにはまだ遠い。だがその話がレナルドから上がっただけでも、リディアーヌは強い衝撃を受けてしまった。

シャブラン伯爵夫人は、数年前に夫を亡くした未亡人だ。亡くなった伯爵とは歳が離れての結婚だったため、まだ若く、美しい。子供ができなかったためか夫人の美しさを狙う男性は多いと聞く。夫人自身は妖艶《ようえん》なやり取りをするわけではなかったが、流行に敏感な彼女は社交界でのファッションを率いていた。

リディアーヌは、パーティで何度か話したことのあるシャブラン伯爵夫人の姿を思い出す。フェリクスの隣に彼女が並ぶのを想像し——胸に小さな痛みを覚えた。

自分がフェリクスと並ぶよりもずっと、お似合いに思える。そうなると、先程のくちづけでのフェリクスの躊躇《ちゅうちょ》が、思い出された。

あのとき、フェリクスがあれ以上のくちづけを躊躇《ためら》ったのは、心に想う人がいるからなのか？

（い、いいえ！　レナルドの言葉に惑《まど》わされては駄目よ。フェリクスさまが、そんな不誠実なことをするわけがないわ。フェリクスさまは私を妻にと望んで下さったんだから……!!）

リディアーヌは気を取り直すと、レナルドに向き直る。わざわざ足を止めて、彼に言った。

「忠告をありがとう、レナルド。でも確証もないのに、たったそれだけでフェリクスさまを悪く言うのはいけないわ。シャブラン伯爵夫人にも、失礼よ」

リディアーヌの叱責に、レナルドは綺麗に表情を滑り落としている。何を考えているのかさっぱりわからない無表情な顔で、レナルドは深く頭を下げた。

「ご不快な思いをさせてしまい、申し訳ありませんでした」

素直に謝罪してくれたのに、心は晴れない。リディアーヌはそれを隠すために、優しく笑いかけた。

「大丈夫です。気にしてません」

レナルドとこれ以上一緒にいるのは息苦しい。リディアーヌは大広間へあと少しということもあり、レナルドから離れる。

「もう大丈夫よ。送ってくれてありがとう」


大広間に戻ると、ルリジオンが妹の姿をすぐに見つけ、歩み寄ってきた。リディアーヌはフェリクスを探していたために、背後から近づいてくる兄には気づいていなかった。

ルリジオンは後ろから、リディアーヌの耳元に囁《ささや》きかけた。

「フェリクスに、何か言われたかい？」

「……っ！」

驚きのあまりリディアーヌは声にならない悲鳴を上げて、その場に膝をついてしまいそうになる。ルリジオンは楽しげに笑いながら、リディアーヌの身体を抱き支えた。

「兄さま！　からかわないで下さい！」

「いや、リディアーヌが可愛いから」

妹への溺愛っぷりを隠そうともしないルリジオンに、リディアーヌは呆れてしまう。だが、嬉しいのも事実だ。

「……そんなことを言われたからといって、すぐに許したりはしませんから」

軽く睨《にら》みつけながら言ったが、ルリジオンに堪《こた》えた様子は見られない。リディアーヌは小さく息をついたあと、続けた。

「あ、あの、兄さま？　フェリクスさまは、どちらに？」

「フェリクス、フェリクス、フェリクス！　最近は口を開けばあいつの名前ばかり、お前から聞いてるような気がするよ？」

「……そ、それは、だって……」

ルリジオンが呆れてしまうほどに、フェリクスのことばかり口にしていただろうか。何だか恥ずかしくなって、リディアーヌは片手で頬を押さえてしまう。

そんなリディアーヌの姿にルリジオンは一瞬不満げな顔を見せたものの、すぐに優しい兄の瞳を向けた。

「まあ、何を言われたのかは気づいてるけどね」

「兄さま、あの……」

「明日、朝食の席で話すといい。お前も、それを望んでるんだろう？　……正直なところを言えば、気に入らないけど……まあ、もしかしたらフェリクスがふられる可能性だってあるわけだし……」

後半部分はよく聞こえなかったがフェリクスの言う通り、兄も彼が妹に告白することを知っていたのだ。リディアーヌはますます気恥ずかしくなり、俯《うつむ》いてしまう。

そこに、フェリクスがシリルとともにやって来た。

「殿下。妹姫に、何を意地悪をされているのですか」

「……一部始終を見てたわけ？」

「そうではありませんが、リディアーヌさまのことはよく見ていますので」

フェリクスの言葉に、リディアーヌの顔は先程よりもますます赤くなる。恋人扱いとなると、フェリクスはこんなに甘やかになるのか。

（し、心臓……保つかしら……）

「リディアーヌさま、先程の約束通り、また踊っていただけませんか？」

「ええ、もちろん！」

フェリクスの誘いに、リディアーヌは笑顔で頷く。一人にしてしまわないよう、シリルがルリジオンとの会話を引き継いでいた。

「殿下、そういえばこの間の法令制定の件ですが、明日には必要な資料をお届けできるかと……」

「あ、こら、シリル。お前、さりげなくフェリクスとリディアーヌを二人きりにしようとしてるな!?」

「……あとのことを考えると、これが一番いいんですよ。ほら、よく言うじゃないですか。人の恋路を邪魔する者は何とやらって。殿下だって、ご存じでしょう?」

何だかずいぶんと賑《にぎ》やかなやり取りだ。背後で聞こえる会話に、リディアーヌは小さく笑ってしまう。だが、気になることもあった。

「フェリクスさま。シリルとのお話は終わったのですか?」

「それが、シリルは私を呼んでいないと言っていて」

(呼んでいない……?)

ではなぜあのときの召使いはやって来たのだろう。嘘をついているようには見えなかったし、レナルドと一緒に戻るときにも分《ぶ》を弁《わきま》えた位置に控えてついてきていた。

思わず訝《いぶか》しげな顔になってしまうと、フェリクスが曲に合わせて踊り出しながら、言った。

「リディアーヌさまは何も心配されることはありません。私のことだけ考えて下ると、嬉しいです」

「フェ、フェリクスさまのことだけ……？」

「はい。朝も夜も、眠っているときも。私はいつどんなときも、リディアーヌさまのことを考えています」

「ま、まあ……」

急にフェリクスの愛情が怒濤《どとう》のように向けられて、恥ずかしいやら嬉しいやら――とにかく、夢を見ているようだ。嬉しくて、たまらない。

(フェリクスさまの、妻に……憧れが、現実になるんだわ……!!)

その奇跡を神に感謝しながらのダンスは、これまでで一番楽しいものだった。


翌日の朝食の席は、リディアーヌにとってはひどく緊張する時間でもあった。

公務の関係上、家族が確実に顔を合わせられる時間はこのときだ。ここでリディアーヌはフェリクスの求婚を受ける報告をしようと思っていたのだが、いざ話そうとするとどう切り出せばいいのかわからなくなる。

食後の茶を飲みながら、王妃は夫と息子の今日の公務の確認をしていたが、娘が何か言いたげな表情をしていることに気づくと、小さく笑いかけた。

「リディアーヌ、どうしたの？　何か話したいことがあるのではないかしら？」

リディアーヌは思いきって、口を開く。

「あのっ！　フェリクスさまに求婚されたの……!!」

リディアーヌにしてみれば、決死の覚悟の報告だ。だが両親は、まったく驚いた様子を見せない。

「まあ、ようやく？　フェリクスも意外に臆病だったのかしら？」

「どうであろうな。外堀から埋めてきてる感じからして、なかなか抜け目のない男だとは思うが」

何やらわかり合っているような会話をされて、リディアーヌは昨日のフェリクスの会話を思い出す。根回ししていたとは、こういうことか。

王妃は笑顔で、国王は不機嫌そうに、娘に向き直った。

「それで、お返事はどうするの？」

「嫌なら嫌だと遠慮なく言うんだ。嫌な男のもとに無理して嫁ぐ必要はないんだからな」

リディアーヌは椅子に座り直し、ドレスのスカート部分を握りしめた。

「お受けしたいと、思っています……！　でもそれは、王女としていいでしょうか……!?」

リディアーヌは不安に頬を強張らせながら、両親たちを見返した。

王女として、姉のように他国に嫁《とつ》ぐことも充分にあり得る。政略婚が必要ならば、それを拒むことはできない。いくらフェリクスでも、そういう話がリディアーヌ側に持ち上がっていたら、妻にと望むことはできないのだ。

国王は憮然《ぶぜん》とした表情ながらも、苦くため息をついて言った。

「現在、我が国には政略婚を必要とする事案はまったくない。お前がフェリクスの妻になることを望むなら……政を理由に止めることはできん」

王妃が柔らかく微笑みかける。

「それどころか騎士団との結びつきがこの婚儀で強くなるなら、王家にとって悪いことではないわ。騎士団は、我が国の剣であり盾。王族と騎士団の結びつきがこの婚姻で強くなることは、むしろとても都合がいいことなの」

これだけの許可がもらえれば、リディアーヌも安心できる。リディアーヌは安堵と喜びが混ざった笑みを浮かべた。

「私……フェリクスさまと結婚したいです……!!」

「では、そうなさい、リディアーヌ。陛下とルリジオンについては、私に任せてね」

「……ルリジオンよ……ついにリディアーヌまで嫁に出すことになったぞ……！」

「それを言わないで下さいよ、父上……リディアーヌはまだもう少し俺の手元に置いておけると思っていたんですから……!!」

二人揃って今にも拳をテーブルに打ちつけそうだ。これまで見たことがないほどの二人の悔しげな様子に、リディアーヌは苦笑する。

確かにこれは、自分ではどうにもできなさそうだった。

リディアーヌの呼び出しを受けて、その日の昼過ぎに、フェリクスはやって来てくれた。フェリクスが好みそうな香りのいい茶を用意して、王女宮のサロンで出迎える。

「急にお呼び立てしまって、すみません。騎士団のお仕事は大丈夫でしたか？」

「そのためにシリルたちがいます。昨日のお返事のことですね？」

フェリクスはリディアーヌに笑いかけたものの、すぐに緊張の面もちになった。フェリクスのこんな顔を見るのは、初めてだ。御前試合のときですら、彼は何処かしらに必ず余裕を見せていたのに。

「それで、正式なお返事の方は……」

リディアーヌは頬を赤くしながら、言った。

「父さまと母さまにも、きちんと許可をいただけました。わ、私……フェリクスさまの求婚を、正式にお受けいたします……!!」

直後にフェリクスが、安堵のため息を深くつく。そのままテーブルの上に突っ伏してしまいそうだった。

「ああ、本当によかった。これで貴女を、名実ともに私のものにできます……！」

とても嬉しそうな笑顔は、リディアーヌを心から求めるものだ。こんなふうに深く想われて、女冥利《みょうり》に尽きる。

リディアーヌも恥ずかしさを感じながらも、喜びの笑顔を向ける。フェリクスが手を伸ばしてきた。

(あ……もしかして、またくちづけを……?)

乙女らしい期待を抱いたものの、フェリクスの白手袋の手は、リディアーヌの肩に落ちているストロベリーブロンドの髪をひと房、すくい取っただけだった。そのまま口元に引き寄せられて、くちづけられる。

「嬉しすぎて、天にも昇る気持ちです。私はコルディエ王国一の幸せ者です」

くちづけられなかった落胆をわずかに感じたものの、フェリクスの仕草はこれまで以上に甘く恋人らしさを持っていて、ドキドキしてしまう。

「……お、大袈裟です……」

「とんでもありません。私の正直な気持ちです。昨日の舞踏会で勇気を出して、本当によかった」

フェリクスに求婚された昨夜の舞踏会は、とてよいも思い出になりそうだ。だがそれは同時に、レナルドの警告も思い出させる。今、唇にくちづけなかったのもそのせいではないか、とも思ってしまう。

（シャブラン伯爵夫人のこと……）

ここまで話が進んだのだから、胸に妙な凝《しこ》りは残したくない。リディアーヌは勇気を振り絞《しぼ》り、何気なさを装いながら問いかけた。

「あ、あの、フェリクスさま？　シャブラン伯爵夫人をご存じですか？」

「はい」

フェリクスにしてみれば、突然の問いかけだ。ターコイズブルーの瞳を少し驚いたように、瞠ってくる。

「あの……フェリクスさまは、夫人をどう思われますか？」

「どう……ですか？」

フェリクスはリディアーヌの質問に完全に困惑しているようだ。その様子でレナルドが勝手に与えてきた疑惑は晴れているも同然なのだが、答えを聞きたくてリディアーヌは待った。

フェリクスは顎先を指で軽く撫でたあと、続けた。

「そうですね……社交界ではいつも華のある方ですね。身に着けていらっしゃるものは、品とセンスがあるものだと思います。ご婦人方は伯爵夫人のお洒落《しゃれ》をこぞって真似されると耳にしたことがありますが、男の私にはあまり縁のない類《たぐ》いの話ですので、その程度しか……」

フェリクスの答えは、シャブラン伯爵夫人に対するごく一般的なものばかりだった。リデイアーヌは安堵の息をつく。

（やっぱりレナルドの言うことは、彼が穿《うが》って見てしまったことなんだわ）

それでなくともレナルドは、フェリクスを見る目が厳しいらしい。ちょっとした誤解なのだろう。

「リディアーヌさま、シャブラン伯爵夫人と何かあったのですか？」

「い、いいえ。この間お見かけしたときに素敵なドレスを着てらしたから、さすが夫人と思って」

「リディアーヌさまもやはり年頃の女性ですね。流行が気になりますか？」

浮わついた娘だと思われてしまっただろうか。リディアーヌは少し俯く。

「そ、それはやっぱり、好きな人には綺麗に見られたいので……だから、気になり、ます……」

「リディアーヌさま……」

フェリクスが、ひどく困ったように口元を押さえる。何かまずいことを言ってしまったのかとリディアーヌは焦《あせ》った。

「リディアーヌさま、あまり可愛らしいことを言ってはなりません。私がとても困りますから」

「困る……？」

どういうことなのかよくわからず、リディアーヌは小首を傾《かし》げてしまう。だがフェリクスからの答えはなく、苦笑が返されるだけだ。

それが本当に困っているようだったから、リディアーヌは慌てて言った。

「ご、ごめんなさい。気、気をつけます」

何に気をつけなければいけないのか実のところさっぱりわかっていないのだが、リディアーヌはひとまずそう答える。フェリクスは頷いたあと、続けた。

「リディアーヌさま、これは提案なのですが……婚儀の手続きや準備などで、まだ少し時間がかかります。その間、私の館に来られてはいかがでしょう？」

「フェリクスさまのお館に……？」

思ってもみなかった提案に、今度はリディアーヌが戸惑《とまど》ってしまう。フェリクスは蕩《とろ》けるほどに優しい笑顔で続けた。

「リディアーヌさまは王族から貴族に降下されます。王族のしきたりと私たち貴族のしきたりが違うところがあるかもしれません。そういった感覚のずれは、早めに対応した方がいいと思いましたので」

なるほど、とリディアーヌは頷く。そんなところにまで細やかな気配りができるのは、フェリクスだからだろう。

（生活にあまり大差はないと思うけど……早くフェリクスさまのお家には慣れたい）

「わかりました、是非そうさせて下さい。父さまたちには、相談してみます」

「いえ、リディアーヌさまのお手を煩《わずら》わせるつもりはありません。私がその件についての話はつけておきます」

フェリクスに任せれば間違いないだろう。だがこれから彼と生涯をともにするのに頼りっぱなしというのは、妻として情けない。

「でも、そのくらいだったら自分で……」

「私の妻としてやっていただかなければならないことは、これからたくさんあります。そこで、是非お力を貸して下さい」

そう言われてしまうと、これ以上言いつのることもできない。リディアーヌは仕方なく口をつぐみ——次にフェリクスから何かを頼まれたときには全力で応えなければ！　と、決意を新たにした。

カバネル家は遠い過去に王家から分かたれた血筋を持ち、歴代の騎士団長を輩出している剣術に突出した一族だ。年齢的な都合などで間にカバネル家出身でない者が団長になったとしても、その数年後には当主が就任している。

フェリクスはまだ当主ではないが、リディアーヌ誘拐事件で功績を上げたことと、当時の騎士団長であった父親を凌《しの》ぐほどの力量を持っていたことから、歴代最年少の騎士団長になった。リディアーヌも、定期的に行われる御前試合は見物しており、フェリクスの実力は充分に知っていた。

だが、カバネル家の男性陣は猛々《たけだけ》しくとも、女性陣はそうでもないらしい。リディアーヌを出迎えてくれたカバネル公爵夫人は、色とりどりの花が咲き乱れる庭園の中にテーブルセットを用意してくれた。そこで味はもちろんのこと、見た目にも可愛らしい菓子を供されて、リディアーヌは楽しいひとときを過ごした。社交界では互いに知っている仲でも、義理の親子になるとすると勝手は違ってくる。これからフェリクスの妻となる者としてがっかりさせないよう緊張していたのだが、公爵夫婦はもちろんのこと、召使いたちもリディアーヌを歓待してくれた。

カバネル公爵自身は騎士団長こそ息子に譲っているが、政《まつりごと》に深く関わる人材でもあり、忙しい人物だ。この日もリディアーヌを出迎えて少し話をしたあと、すぐに王城に出仕してしまっている。それでも夕食の時間には戻ってきてくれると約束をしてくれ、リディアーヌは義理の父からの歓迎の意も、とても感じることができた。

「姫さまをカバネル家に迎え入れることができて、とても嬉しいですわ。私、姫さまのような可愛らしい娘が欲しかったのですけど……このように、可愛いからはほど遠い息子だけで」

茶を飲みながらの会話はとても気さくで、リディアーヌの緊張を優しく解いてくれる。

「で、でも、フェリクスさまは素敵な騎士です！」

「姫さまにはそう見えますか？　だとしたら上手く隠しているだけですよ。実はこの子にはちょっと行きすぎるところがあって」

「行きすぎるところ……ですか？」

それはいったい何だろうと、リディアーヌは少し身を乗り出し気味になる。公爵夫人は内緒話をするようにリディアーヌの方に身を寄せ、小声で続けた。

「大切なものは自分の手元に置いておかないと安心できないの。以前飼っていた猫がいたんですけど、一度庭に出たときに怪我をして帰ってきたら、自分の部屋から一歩も出さなくなってしまって」

「まあ……そんなことがあったんですか？」

だがそれは、フェリクスの優しさがあまりにも強く出すぎてしまっただけだ。リディアーヌはとてもフェリクスらしいと微笑した。

「――母上。リディアーヌさまに何をお伝えするつもりですか？」

フェリクスが少し慌《あわ》てたように会話に入り込む。親子の仲のよさに、リディアーヌはクスクスと笑ってしまった。召使いたちも、主人たちの会話に微笑んでいる。

新しい家族の一員としてカバネル家に早速受け入れてもらえていることが、とても嬉しい。そのせいで、フェリクスが住まう棟に向かう渡り回廊でも、リディアーヌはにこにこ笑ってしまう。そんなリディアーヌの笑顔を見て、フェリクスも嬉しそうに言った。

「楽しそうですね、リディアーヌさま」

「はい……！　公爵夫人も召使いたちも私によくして下さって……私、カバネル家に受け入れていただいたのだと感じられて嬉しいです」

「そうですか、それはよかったです。私も、貴女がこの棟に入るのをずっと想像していましたが……本当に叶うとは思っていませんでした。だからこうしてリディアーヌさまと一緒にこの場所を歩けることを、とても嬉しく思っています」

「フェリクスさま……」

求められる喜びを実感して、リディアーヌは頬を染める。フェリクスから求婚されてからというもの、彼の惜しみない愛情をあちこちに感じられて幸せでいっぱいだ。

リディアーヌはその喜びのまま、自然と手を伸ばす。何だかフェリクスと触れ合いたい気持ちになって、手をつなぎたくなった。

だがそんなことを自分からするのは、はしたない。自分たちは小さな子供ではないのだから。

（……やめておこう……あ……っ）

フェリクスの手がまるでリディアーヌの心の声を聞き取ったかのように、伸びてくる。手袋をはめていない手が、リディアーヌの手を柔らかく包み込むように握りしめてきた。

リディアーヌが少し驚いたように見返すと、フェリクスは淡く苦笑する。その頬に少し赤味があって、照れているように見えた。

「申し訳ありません。リディアーヌさまに、急に触れたくなってしまって……」

リディアーヌと同じくはしたないと思ったのか、指が離れようとする。リディアーヌはそれを引き止めるため、慌てて自分からも手を握り返した。

「私も、同じでした。その……フェリクスさまと、手をつなぎたくて……」

「そうですか。では、このままで行きましょう」

フェリクスが驚きに目を見開いたあと、嬉しそうに笑う。その笑みを見ると、リディアーヌも嬉しくなる。意味もなく笑い合ってしまうのは、こんなふうに互いの愛情を確かめ合うからかもしれない。

(夫婦って……こういうものなのかも……)

フェリクスと子供同士のように手をつないで、彼の案内で部屋に到着する。そういえばこの棟に入ったときから使用人たちの姿が見えなくなっていた。

だがフェリクスと二人きりになれるのは、嬉しい。もしかしたら自分たちに気を遣ってくれているのかもしれない。

「リディアーヌさま、今日からこちらでお過ごしください」

広い一間の部屋は、リディアーヌの好みを見事に反映した調度で整えられていた。可愛らしすぎない雰囲気は、一目で気に入った。リディアーヌのことをよくわかってくれている者でなければ、用意できないだろう。

「素敵なお部屋です！」

「気に入っていただけてよかった……！　貴女の侍女や殿下からも、いろいろと話を聞かせてもらっていたのですよ」

そんな下準備をしてくれていたことも知って、リディアーヌの心はますますフェリクスへと傾いていく。王城から送った荷物もすでに整えられていて、いつでも身体を休めることができた。

「隣は私の部屋です。あちらの扉で廊下に出なくても行き来できます。まずは婚儀まで、こうして近くで過ごしましょう」

フェリクスとの部屋を仕切っている壁側に、確かに扉が一つある。

「フェリクスさまとお隣同士なんですね！　すぐにお会いできて嬉しいです」

フェリクスからは、困ったような笑顔が返された。それを少し不思議に思ったものの、リディアーヌが問いかけるよりも早く、彼は言う。

「王城と貴族館は何かと勝手が違うかもしれません。何かご不便なことやご不満なことがありましたら、遠慮なくお申しつけ下さい。リディアーヌさまが過ごしやすくなるように、努力いたします」

フェリクスの心配りに、リディアーヌは改めて感激してしまう。だからこそ、自分も彼の妻としてふさわしい人物になりたいと強く思うのだ。

リディアーヌは、フェリクスに一歩を踏み出した。

「フェリクスさま、本当にありがとうございます！　私も頑張ります」

「……リディアーヌさまが頑張られることは、何もありませんが？」

「いけません、フェリクスさま。私はフェリクスさまの妻として、まだまだ未熟です。フェリクスさまにふさわしい妻になれるよう、頑張ります！　ですから妻として何をするべきなのか、フェリクスさまも私にご指導下さいませ！」

「指導……」

フェリクスが、何やら考え込むように顎先を指で撫《な》でながら視線を上向ける。リディアーヌはフェリクスからの要望がやってくるのではないかと、期待に瞳を輝かせた。

(だってフェリクスさまは、私のためにこんなによくして下さるんだもの。私も、フェリクスさまのために何かしたいわ……！)

フェリクスは何かに思い至ったのか、顔を輝かせる。

「では、帰ってきたらお帰りのキスと、出かけるときは行ってらっしゃいのキスをして下さい」

「……まあ……」

フェリクスの口にした願いは、ずいぶんと可愛らしいものだ。リディアーヌの両親も、まだ自分が幼い頃、仲のよさを表してそんな場面を見たことが何度もある。

リディアーヌは笑顔で頷いた。

「わかりました、フェリクスさま。そんな可愛らしいことでよろしければ、いくらでも」

フェリクスの唇に浮かぶ笑みが、深くなる。その笑みに微妙に不穏なものを感じたのは、気のせいだろうか。

「リディアーヌさまは、私にして欲しいことはありませんか？　私もリディアーヌさまにふさわしい夫になりたいのです」

そう言ってもらえるだけでいいのだが、フェリクスも自分と同じように何か願ってもらえるのを待っているように思える。リディアーヌは少し考え込んだあと、ぴったりな願いを思いついて口にした。

「私のことを『リディアーヌさま』ではなくて、『リディアーヌ』と呼んで下さい。もうさま付けは……必要ありませんよね……？」

貴方の妻になるのだから、とリディアーヌは言外に告げる。そしてフェリクスはそれを正確に受け止めてくれる。

「わかりました。では……」

一歩、フェリクスがリディアーヌに近づく。そして耳元で囁いた。

「リディアーヌ」

「……っ」

いつもよりも低く艶《つや》めいた声で名を呼ばれて、リディアーヌの肩が小さく震えてしまう。それに焦ってしまい、リディアーヌは反射的に離れようとしてした。

フェリクスが、リディアーヌの肩を摑む。何だか逃げられないようにしているような気がしたが、そうではなかったらしい。

「リディアーヌ、では試しにしていただけませんか。お帰りなさいのキスを」

「……あっ、は、はい……っ」

少し照れくさい気持ちがないわけでもなかったが、リディアーヌはドキドキしながらもフェリクスの方に身を寄せた。

精悍《せいかん》な頬に唇を寄せようとしたが、身長差があるために踵《かかと》を上げるだけでは少し足りない。フェリクスが小さく笑って、身を屈《かが》めてくれた。

フェリクスの頬に、ちゅっ、と唇を押しつける。柔らかく啄《ついば》むくちづけは、優しいものだった。リディアーヌは踵を下ろしたあと、はにかむように笑いかけた。

「お帰りなさいませ、フェリクスさま」

「……リディアーヌ、まったく駄目です」

軽く首を振って、フェリクスがリディアーヌの身体に片腕を回してきた。ぐっと強く引き寄せられて、リディアーヌは驚いて顔を上げる。そこに、フェリクスが覆い被さるようにしてくちづけてきた。

「……ん……っ!?」

フェリクスの唇が、リディアーヌの唇に強く押しつけられる。フェリクスの唇は直後にリディアーヌの唇を押し割って、舌を押し込んできた。

ぬるりと肉厚の感触が、口の中に入り込む。フェリクスの舌は一瞬だけ何かに驚いたように動きを止めたものの、すぐに荒々しくリディアーヌの口中を探ってきた。

（え……あ……な、に……!?）

舌がまさぐるように動き、リディアーヌの口中を隅々まで味わってくる。歯列はもちろんのこと、その裏側も舌先で舐めくすぐられた。

口を閉じることができなくて、リディアーヌは思わずのけぞってしまう。フェリクスはそんなリディアーヌを逃がさないとでもいうように、さらに深く抱きしめてきた。

「……ん……んん……っ、フェリクス……さま……っ」

「リディアーヌ……こんなに貴女の口の中が……こんなに甘いなんて……」

何かに飢《う》えたように、フェリクスは舌を奥まで押し込んできた。抱きしめる腕にも、また力が加わる。

息苦しくなるほどの強い抱擁《ほうよう》は、拘束に似ていた。息苦しさゆえに、口を閉じることもできない。リディアーヌが呼吸を求めてさらに口を開けば、フェリクスの舌がもっと奥を目指してきた。

舌が舐《な》め合わされ、上顎も強く舐められる。深まるくちづけは甘味を強くして、熱い唾液を溢《あふ》れさせる。飲み込みきれずに、唇の端から滴《したた》り落ちてしまう。

肌に感じるその熱に、リディアーヌは身を震《ふる》わせた。息苦しさも相まって、リディアーヌはフェリクスの服の胸元を強く握りしめてしまう。

だがフェリクスは、舌を絡ませる仕草をやめない。ぬるぬると唾液を纏《まと》った舌が別の生き

物のように蠢《うごめ》き、リディアーヌの身をさらに震わせた。

（こ、これが……触れるだけではない、もっと深いくちづけ……？）

恋人同士や夫婦が交わすもの？

フェリクスがリディアーヌの舌を引き出し、強く吸う。

「あ……んん……っ！」

新たな刺激に、リディアーヌがのけぞる。目元から、淡い涙が滲《にじ》んだ。フェリクスはそれに気づくとくちづけを終わらせて、リディアーヌの涙を舐め取る。

「……ん……んっ、フェリクス……さま……」

自分でも信じられないような甘い声が、こぼれ落ちてしまう。フェリクスはリディアーヌの唇から溢れた唾液も、丁寧に舐め取った。

頬を這《は》う舌の動きにも、何とも言えない不思議な気持ちよさを感じて、リディアーヌは身を震わせる。

「……もっと……口を開けて下さい。私の舌を、もっと奥まで……受け入れるのです」

「……あ……駄目……で、す……息が……んん……っ」

「くちづけのときには、鼻で息をして下さい。そうすれば、楽になりますよ」

「あ……んん……」

フェリクスの舌が再び口中に潜《もぐ》り込み、リディアーヌの舌に絡みつく。フェリクスが教えてくれたようにしようとするが、なかなか上手くいかない。息苦しさはますます強まり、リディアーヌは抗議するようにフェリクスの胸を掌で押した。

「駄、駄目……も……苦し……」

フェリクスはわずかに唇を離すと、少し非難するように見つめてくる。

「リディアーヌ、妻は夫の求めには常に応えなくてはなりません。それが夫婦の掟《おきて》です」

「……う……ん……っ、そ、そうなの……ですか……っ」

フェリクスがそう求めるのならば、頑張って応えなくては。リディアーヌはその一心で、くちづけを受け続ける。

何度も角度を変えてくちづけを与えられると、呼吸困難になってしまいそうだ。けれど、唇を触れ合わせ舌を舐め合うと、気持ちいいことも間違いない。リディアーヌは結局、フェリクスが満足するまでくちづけられてしまった。

「……あ……はぁ……はぁ……っ」

(フェリクスさまとの……くちづけ……)

あのときは、触れるだけのくちづけしかもらえなかった。だが今フェリクスから与えられたそれは、リディアーヌの心と身体を蕩けさせる。恋人同士の本当のくちづけは、こんなにも甘くて激しいものだったのだ。

(嬉しい……)

ようやく唇が離れたときには膝ががくがくと震えてしまっていて、リディアーヌはそのまま崩れ落ちそうになってしまったほどだ。だがフェリクスが身体を支えてくれているため、無様な羽目にはならない。

フェリクスが、濡れた唇をぺろりと舐める。そんなことをされるのも恥ずかしくて、リディアーヌは顔を赤く染めた。

これを、帰宅と出立のときにするのだろうか。自分の両親ですら、こんな熱く深いくちづけをしているのを目撃したことは、滅多《めった》にないのに。

フェリクスはにっこり笑った。

「まだ息継ぎが上手くできないでしょうが大丈夫です、これから何度でもすることですからね。すぐに慣れます」

「……あ、あの、これを……お出かけのときとお戻りのときに、毎回するのですか……？」

「はい、して欲しいです。……駄目ですか？」

フェリクスが、途端《とたん》に哀しそうな顔になる。そんな顔をさせたくなくて、リディアーヌは不思議に思う気持ちから目を背《そむ》けて頷《うなず》いた。

「頑張ります！」

さすがにこの夜はカバネル家での初日ということで、自分でも知らないうちに疲れてしまっていたらしい。館の主棟で家族団欒《だんらん》の夕食を過ごしたあと、リディアーヌはフェリクスの気遣いに甘えてすぐに自室に戻った。

フェリクスはリディアーヌのために入浴の準備を召使いに整えさせ、ベッドに入ったあとは眠るまで見守ってくれた。リディアーヌが初めての部屋で不安にならないように、ベッドの傍《そば》に椅子を置いて座り、ずっと手を握っていてくれたのだ。そのおかげで、リディアーヌはぐっすりと眠ることができた。

翌朝気持ちよく目覚めると、当然のことながらフェリクスは傍にいなかった。それを寂しく思ってしまいながらも、リディアーヌは召使いたちの手を借りて朝の身軽なドレスに着替え、朝食の席へと向かった。

フェリクスがいつもよりも早めに出かけるということもあり、朝食の席はこの棟で二人きりということだった。優しい日差しが降り注ぐ庭にテーブルを用意して、フェリクスは新聞を読みながら朝食をとっていた。

真剣な表情で新聞を見ている横顔は、凜々《りり》しい。フェリクスが見ている紙面は政治面だ。

リディアーヌはフェリクスの邪魔をしないように、そっとテーブルに近づく。だが、騎士の彼に気づかれないようにするには、所詮無理だった。すぐに気づかれて、フェリクスが笑いかけてくる。

「おはようございます、リディアーヌ。よく眠れましたか？」

「おはようございます、フェリクスさま。フェリクスさまより遅くて……ごめんなさい」

フェリクスが立ち上がり、リディアーヌの座る椅子を引いてくれる。リディアーヌは礼を言って、その椅子に腰を落ち着かせた。

「フェリクスさま、毎朝新聞を読むのが日課なんですか？」

「はい。私は一応騎士団団長を任命されています。剣技だけを高めていればいいというわけではありません。この国の情勢や他国の情勢なども知っておかなければ、何かあったときに自分がどう動くべきなのかを判断できませんから」

フェリクスが多方面において気を遣い、己の職務を果たすためにいろいろな勉強をしていることを改めて感じて、リディアーヌは微笑む。

「今度お時間のあるときに、そういうお話を私ともしていただけますか？　私も、勉強をしておきますので」

「わかりました。ご無理はなさらない程度にして下さい」

フェリクスも席に落ち着いて、二人で朝食を食べ始める。穏《おだ》やかで落ち着いた食事の時間は、リディアーヌにとってはとても楽しいひとときだった。

他愛もない話を重ねながら、これまでにまだまだ知らなかった自分たちのことを話す。そんなリディアーヌたちの様子は、給仕のために控えていた召使いを笑顔にさせる。

その穏やかな空気の中で、フェリクスが言った。

「これから、長期休暇を取ってこようと思います。婚儀までまだ時間はありますが、リディアーヌとのこうした時間はもっとたくさん必要だと思いますので」

「……嬉しいです！　フェリクスさまともっとたくさんいろいろなお話がしたいです！」

リディアーヌの嬉しそうな笑顔に、フェリクスも同じように笑う。その二人の間に遠慮がちに声を割り込ませてきたのは、召使いの一人だった。

「あの、申し訳ございません。フェリクスさま、ブロンデルさまがお迎えにいらっしゃいましたが……」

「そんなことは頼んでませんが？」

フェリクスが驚きというよりは嫌悪感を表した表情で呟《つぶや》く。召使いが申し訳なさそうに肩を竦《すく》めると、フェリクスは仕方なさそうに苦笑した。

「彼の仕事熱心さは賞賛するべきものでしょうが……私には少々押しつけがましく感じてしまって。いけませんね」

「まあ……」

フェリクスの小さな愚痴《ぐち》は、心を許してくれている証拠のように思える。リディアーヌは励ますように微笑みかけた。

リディアーヌの微笑を受け止めて、フェリクスは仕方なさげに立ち上がる。リディアーヌも立ち上がり、団服のジャケットを召使いから受け取って広げた。

着せてくれる仕草にフェリクスは微笑んで、ジャケットに袖《そで》を通してくれる。たったこれだけでも何だか夫婦の一歩を踏み出せたようで、リディアーヌは照れくさげに笑った。

「ありがとうございます、リディアーヌ」

「い、いいえ、このくらいは何でも……」

その微笑ましい会話を遮《さえぎ》るかのように、召使いたちの慌てた声が届く。どうしたのだろうと二人で目を向けると、押しとどめようとする召使いたちの手を振りきるようにして、ずんずんとこちらに歩いてくるレナルドが見えた。

その隣には、シリルがいる。脇目もふらずにフェリクスに向かって行こうとしているレナルドを、召使いたちと一緒に押し止めようとしていた。……だが、まったく成功していない。

もともと仏頂面にも見えそうな生真面目な表情だったが、今はそこに何か怒りが含まれていて恐ろしさも感じる。リディアーヌが思わず身を震わせると、フェリクスが優しく抱き寄せた。

「だからさ、レナルド！　別に遅刻してるわけでもないのにどうして迎えに来なきゃいけないんだよ!?」

「うるさい。姫さまがご一緒に住まわれたら、団長が仕事よりも姫さまを優先される可能性は充分にあり得るだろうが！」

「別にいいんじゃないの？　リディアーヌさまはまだ王族なんだし」

「……お前……それで団長が仕事を疎《おろそ》かにしたらどうするんだ!?　婚約者の美しさにうつつを抜かし、骨抜きになってしまう騎士団長など前代未聞だ！」

「いつまでもそれだと困るけど、今の時期くらいは別にいいと思うけどなぁ……二人はまだ婚儀こそしてないけど、新婚生活に入るんだよ？　そこで仕事優先する方が男としておかしくないかなと僕は思うけど……って、レナルド!?　人の話聞いてる!?」

そんなやり取りをしながら、レナルドは目の前にやって来る。召使いたちがひどく申し訳なさそうに頭を下げ、その中でシリルも片手で詫《わ》びのサインを送ってきた。

フェリクスは軽く肩を竦めた。レナルドはそんなフェリクスの前にたどり着くと、片腕に抱いているリディアーヌをちらりと見やったあと言った。

「おはようございます、団長。ちゃんと仕事に向かって下さるようで、安心いたしました」

「仕事は仕事です。それを意味もなく放棄することはありません」

「ご立派なお考えを聞けて、また安心しました。お支度もできているようですし、このまま出勤いたしましょう」

「だーかーらー！　どうして二人の邪魔するようなことしてんだよ!?」

シリルの忠告を、しかしレナルドは右から左に聞き流す。だが、リディアーヌへの挨拶《あいさつ》をすることは、忘れない。

「おはようございます、姫さま。うるさくして申し訳ございません。団長を迎えに参りました」

「お、お勤めご苦労さま……です……」

勢いに圧されつつ、リディアーヌも挨拶を返す。フェリクスは軽くため息をついた。

「真面目な部下を持って、幸せですね、私は。こういう部下がいるから、長期休暇を取ることもできるんだと思いますよ」

「長期休暇……!?」

フェリクスの言葉を聞いて、レナルドが仰天《ぎょうてん》した。シリルの方は、いい提案だと笑う。

「あ、それいいんじゃないの？　婚儀までの間にもっとお互いのことを知る時間が必要だと、僕も思ってたし」

「……待て。待って下さい、団長。団長が長期休暇など……!!　まだ片づいていない案件もいくつかあります！」

「だからそれを片づけてから、ということです。それでも二、三日あれば充分でしょう」

「ご自分の力を過信しすぎです！　貴方はどうしていつもそういうふうに、自分の力がすべてというように動くんですか！」

「でもフェリクスはいつだって、言ったことはちゃんと守ってるからね。レナルド、それじゃ単にフェリクスに嫉妬《しっと》しているだけみたいだよ？」

シリルが呆《あき》れたように言い返す。レナルドは屈辱感に顔を赤くして嚙みつくような反論をシリルにしているが、彼はそれにうんざりしながらも上手く誘導して、この場から立ち去らせていった。……なるほど、さすがはフェリクスの親友だ。

「も、申し訳ありませんでした、フェリクスさま、リディアーヌさま」

一斉に頭を下げる召使いたちに気にしてないと笑顔を返して、フェリクスは途中になってしまったジャケットの詰め襟部分のホックを留めた。リディアーヌはそれよりももっと気になることがある。

「フェリクスさま……もしかして、レナルドには嫌われていらっしゃるのですか……？」

「そう見えるとしたらレナルドがまだまだ未熟ということですね。大丈夫です。私とレナルドのやり取りは、いつもあんな感じです。レナルドはあのように職務一辺倒ですから、私がリディアーヌに夢中になりすぎて仕事に支障をきたさないよう、注意しているだけですよ」

「……それなら、いいんですが……」

少し納得できない気持ちが残って、リディアーヌの返事は濁《にご》る。フェリクスはいつも通りの優しい笑みを浮かべた。

「貴女が心配されることは何もありません。ですからそんなお顔をされないでください。貴女のことが心配で、館を出ることができなくなってしまいます」

「……ご、ごめんなさい……っ」

リディアーヌは慌てて笑い返す。フェリクスは満足げに頷くと、リディアーヌの肩口にかかる髪をそっと払った。

「名残惜しいですが、私はもう行きます。リディアーヌ、私が帰宅するまでどうか屋敷から出ないでください」

「え……？」

予想もしなかった言葉は、リディアーヌを戸惑《とまど》わせる。確かに今日は屋敷から出る予定は何もなかったが、わざわざそんなふうに言われることに驚いてしまう。

「……あ、あの……今日は何処《どこ》にも出かける予定はありませんが……」

「それならいいんですが、とにかく決して館から出ないでください。それだけはお願いします」

「……わかり、ました」

リディアーヌが頷くと、フェリクスはさらに嬉しげに笑う。その笑顔を見てしまうと、リディアーヌはもう何も言えなくなってしまった。

フェリクスは改めてリディアーヌに向き直ると、笑いながら続けた。

「リディアーヌ、行ってまいります」

（あ……、行ってらっしゃいのキス……っ）

あんな激しいくちづけをするのは恥ずかしくてたまらなかったが、あれがフェリクスの求める夫婦のキスなのだ。リディアーヌはちらりと召使いたちを見やる。

彼女たちは何かに気づいてくれたのか、慌ててこちらに背を向けてくれる。ひとまず見られずに済みそうなことにほっとして、リディアーヌは踵を上げた。

フェリクスが、身を屈めてくる。唇が触れ合うと、直後にリディアーヌの唇を押し割ってきた。

ぬるついた舌が、リディアーヌの舌を舐めてくる。搦《から》め捕《と》られてしまえばすぐに互いの熱い唾液が混じり合い、腰の奥にしびれるような心地よさがやって来てしまった。

「……あ……ん……んん……っ」

「リディアーヌ、もう少し口を開けて下さい」

「ん……んん……こ、うです、か……？」

「ええ、そうです……こうすると、もっと深くくちづけられます」

喉の奥まで舌が侵入してきて、えずきそうになってしまいそうだ。舌が絡み合うくちゅくちゅと淫《みだ》らな水音がして、その音にもリディアーヌの身体は感じて震えてしまう。

「……あ、ん……フェリクス、さま……もう……」

フェリクスがリディアーヌの舌を引き出し、自身の口中に含んで甘噛みする。がくがくと膝が震え、リディアーヌはフェリクスの胸元をぎゅっと強く握りしめた。

（あ……でも、ジャケットがしわになって……）

慌てて手を離そうとすると、フェリクスが代わりに自分の手を握らせてくれた。指を絡めるように両手を握りしめ合って、舌を絡ませるくちづけを交わしていく。

挨拶のくちづけにしてはずいぶんと長く深いくちづけが終わったあとには、リディアーヌはかろうじて自力で立っているという感じだ。フェリクスは満足げに微笑んだあと、リディアーヌの唇にもう一度軽くくちづけてから、立ち去っていった。

「……は……ふぅ……」

リディアーヌは思わず近くの椅子にすがりついた。本当はフェリクスをエントランスホールまで見送りに行きたいところだったが、これではとても無理だった。

「リディアーヌさま、大丈夫ですか？」

召使いたちが、心配そうに声をかけてくる。リディアーヌは無様な姿は見せられないと、慌てて足に力を入れて立ち直した。

「だ、大丈夫よ。ごめんなさい」

「新しいお茶をおいれいたします。もう少しこちらでお過ごしになりますか？」

館から出るなと言われている以上、出かけることもできない。ならばカバネル公爵夫人とでも話をしようか。

「公爵夫人のところに使いを出していただける？　フェリクスさまがいない間、夫人とおしゃべりをするのもいいかしらと思って」

「まあ、リディアーヌさま。それはとても残念です。公爵さま方は、本日はお出かけになるとのことで……」

「そういうことだったら、仕方ないわね。もう少し、ここでお庭を楽しみます」

「もしよろしければ、フェリクスさまのお話をいたしましょうか？」

リディアーヌと歳の近い召使いたちが、傍に控《ひか》えながら問いかける。カップに新しい茶を注ぎながら、彼女たちは続けた。

「フェリクスさまのお小さい頃の活躍話など、いかがでしょう？」

「聞きたいわ！」

まだまだ知らないフェリクスのことを教えてもらえる誘惑には勝てず、リディアーヌは召使いたちの話に耳を傾《かたむ》けた。


夕食を終えて食後の茶を口にしながら読書をしていたリディアーヌは、置き時計にちらりと目を向けた。

夜の九時を過ぎた時刻だ。夜会でもなければ、明日のためにもう眠りの準備をしていてもおかしくない時間だ。だが、フェリクスは騎士団からまだ戻ってくる気配がない。

長期休暇を取るために仕事を片づけると今朝、出かける前に言っていたのだから、きっと仕事が立て込んでしまっているのだろう。自分のためにフェリクスが頑張ってくれているのだから、こんなことを思ってはいけないのだが——寂《さび》しい。

（それに、フェリクスさま……お身体は大丈夫なのかしら……）

夜遅くまで仕事をしていたら、身体が疲れるだろう。戻ってきたら、何かフェリクスの身体を癒せるものを準備しておいた方がいいかもしれない。

（そうね。心休まるお茶とか……あと、身体に負担をかけないお食事とか……！）

考えついたら、実行したくなる。リディアーヌは寂しい気持ちを紛《まぎ》らわすためもあって、本を閉じて椅子から立ち上がった。

部屋を出ると、まるで頃合いを見計らったかのように召使いの一人が近くを通りかかった。

「まあ、リディアーヌさま。どうされました？」

「ちょうどよかったわ。フェリクスさまがお帰りになったときのために、何か用意しておこうかと思って」

「それはよいご提案ですね！　どのようなことをなさいますか？」

召使いと話しながら、リディアーヌはひとまず厨房の方へと向かっていく。しばらく廊下を歩いていると、新たな召使いが向こうからやって来た。

リディアーヌの姿を認めると、彼女は少し足を早めてくる。

「リディアーヌさま、ちょうどよかった……！　フェリクスさまからのお使いが……」

「……何かあったの!?」

この時間にわざわざ使いがやって来るとは。フェリクスに何かあったのか心配になり、召使いからあまり詳細を聞かずに控えの間に向かう。

「フェリクスさまに何があったの!?」

扉を開けるなり、リディアーヌは問いかける。いつもの王女然とした様子からは想像しにくい必死な様子に、使いの者が少し驚いて立ち上がったほどだ。

使いの者は、レナルドだった。騎士団副団長がわざわざ使いを勤めるとなれば、リディアーヌの不安も必然的に高まってしまう。

「これは姫さま。夜分の来訪、申し訳ございません」

貴族の礼をされるのも、今は煩《わずら》わしい。リディアーヌは苛立《いらだ》ちを顔に出さないように気をつけながら、応える。

「構いません。フェリクスさまのお使いなのでしょう？　どうしたの？」

「団長は今宵、こちらにお戻りにはなれないそうです。お戻りは朝方になりそうなので、姫さまはどうか先にお休みになっていて下さいと」

「……それだけ？」

レナルドが、訝《いぶか》しげに眉根を寄せる。

「それだけ、ですが……」

「……少しだけ、よかったわ！　フェリクスさまの身に何かあったのかと思ったから……!!　でも、お仕事で帰れないというのも、またお身体が心配ね……」

リディアーヌの返答が意外だったのか、レナルドが瞳を瞬かせる。だがすぐに、薄い唇に嘲笑《あざわら》うような微笑が浮かんだ。

「姫さまは大変健気ですね。団長も喜ばれるでしょう」

「そ、そうかしら……ありがとう」

堅物のレナルドから誉《ほ》められて、リディアーヌは嬉しげに笑い返す。だが続けられた彼の次の言葉に、凍りついた。

「ですが団長が本当に仕事で遅くなっているのかどうかは、わかりませんが……」

ドキンッ、と、リディアーヌの鼓動が大きく音を立てた。

「……どういうこと……？」

「私が団長の前から辞したあと、団長が何をしているのかは見ていません。そこで仕事ではなく、もっと別の何かをしている可能性もあります、ということです」

レナルドの口調は淡々としている。だが隠しきれない棘《とげ》が見え隠れしていて、それがリディアーヌの怒りを誘った。

「レナルド、貴方、フェリクスさまに何か思うところでもあるの？　根拠もなく誰かを貶《おとし》めるような発言は、騎士にあるまじきことだわ」

リディアーヌは凛《りん》とした声で、レナルドを叱責《しっせき》する。だが、彼の笑みは崩れない。

「根拠というほどのものでもありませんが……団長が何やらシャブラン伯爵夫人と連絡を取っていたのは知っています。お会いしたいというようなお話だったようですが……」

「え……？」

リディアーヌは息を呑む。レナルドの言葉に胸がざわつくのを感じたが、ここでフェリクスを信じないのはおかしい。リディアーヌ自身はフェリクスが夫人と連絡を取っているところは見ていないし、彼も夫人に対して何らかの特別な想いを抱いているような言葉は口にしていなかった。

リディアーヌはレナルドをまっすぐに見つめ返す。

「教えてくれてありがとう、レナルド。でも私は、フェリクスさまに夫人の影を見たことはありません。だから貴方の言うことは、とても信じられないわ」

「確かに、姫さまご自身が何の疑いも持っていらっしゃらないのでしたら、私の助言はただの戯言《たわごと》です。ですが姫さまはこの国の男にとって、女性としても王女としても、とても魅力的だと以前もお伝えしましたが」

「もうすぐ王女ではなくなるわ。王女としての魅力は、なくなります。女性としては……貴方の考えすぎだと思うけれど……」

フェリクスと結婚すれば、カバネル家に入る。結婚を破棄するつもりがないことをその言葉に込めると、レナルドは笑みを消して深く頭を下げた。

「姫さまが哀しまれるようなことが起こらないことを、願っております。では、私はこれで」

扉の外で待っていた召使いたちが、気配を悟って扉を開ける。リディアーヌは二人いたうちの一人に、レナルドをエントランスホールまで見送るように命じた。

(シャブラン伯爵夫人とフェリクスさまが……)

フェリクスを信じようと思った矢先なのに、不安はやって来る。

抜けない棘のような感覚をずっと心に残しているのならば、思いきって隣にいる召使いに聞いてみるのも一つの手かもしれない。少なくとも自分よりも長くフェリクスに仕えているのだから、レナルドの言うようなことがあったら、少しは気づくだろう。

(思いきって、聞いてしまえば……)

「リディアーヌさま、レナルドさまは何と?」

「……フェリクスさまは今夜は帰れないと……。帰れても、朝方になるそうよ」

なのに口は、違うことを話してしまう。召使いの彼女は、リディアーヌを気遣うように見返した。

「リディアーヌさまと一緒に過ごすためとはいえ、寂しいですね」

「……そうね。でも、私のためにして下さっていることだもの。我《わ》が儘《まま》を言ってはいけないわ」

不安は完全に消えたわけではなかったが、それでもリディアーヌの心は落ち着きを取り戻す。そうだ、自分のためにフェリクスはいろいろと心配りをしてくれているのだから、その気持ちを信じればいいだけだ。

(大丈夫……大丈夫よ)

「リディアーヌさま、もうお休みになりますか？」

「ええ！　その代わり早起きして、フェリクスさまをお迎えするわ！」

あともう少しで夜が明けそうな時間に、フェリクスは帰宅した。

館はまだ眠りについていて、穏やかな静けさに満ちている。だがフェリクスのだいたいの帰宅時間を知らされていた執事は、きっちりとお仕着せを身に着けて、フェリクスを出迎えた。

「お帰りなさいませ、フェリクスさま」

すぐに執事の手が伸びて、フェリクスの上着を脱がせてくれる。かっちりとしたデザインの上着を脱ぐと、心が少し解放感を抱いた。

「湯の準備は整えてありますが……」

「ああ、使わせてもらいます。また支度を整えたら、出かけますが」

「かしこまりました。お身体は大丈夫ですか？」

騎士として鍛《きた》えている身体は、一晩程度の徹夜でどうにかなるわけもない。フェリクスはいつもと変わらぬ穏やかな微笑を浮かべることで、応える。

執事は安心したように息をついた。

「ですが、どうかご無理はなさいませぬよう……リディアーヌさまがずいぶんご心配されていました」

(リディアーヌ)

「……彼女に、何か変化は？」

「ございません」

執事の答えに、フェリクスが安心することはない。彼はいつになく厳しい表情で続ける。

「ならばいいのですが……リディアーヌの身が危険にさらされていることは決して忘れないように」

「はい、了解しております」

執事が、表情を引きしめて頷く。フェリクスはリディアーヌの眠りを妨《さまた》げないよう靴音に気をつけながら、彼とともに自室へと向かった。

「私がリディアーヌの傍にいられない間は、特によく見ておいて下さい。今、リディアーヌは？」

「使いの伝言を受けて、すぐにお休みになりました。しかし使いにレナルドさまをお使いになるとは……小間使いのようなことを、あの方がよくお引き受けされましたな」

「……いえ、使いは別の者に頼んでいましたが……」

フェリクスの言葉に、執事の瞳が大きく見開かれた。彼もまた、フェリクスと同じように厳しい表情になる。

「フェリクスさま……」

フェリクスは、かたちのいい顎先を、まだ白手袋をはめたままの指で軽く押さえた。ターコイズブルーの瞳が、思案げに深く輝く。

「思った以上に大胆にリディアーヌに手を出してきていますね……レナルドは」

「フェリクスさま……」

「リディアーヌに何か入れ知恵をしているかもしれません。妙なことを吹き込んでいなければいいのですが……」

執事は、ひどく心配げだ。フェリクスは安心させるように、彼に笑いかける。

「大丈夫です。こちらは私がちゃんと動いています。君たちはリディアーヌのことを、これからもよく見ていてください。特にレナルドの動きには、注意を払っていてください」

「はい、かしこまりました」

湯あみを終えて、再び出かける支度を整える。だが出発前にリディアーヌの顔を一目見たくて、フェリクスは隣の部屋に入った。

シーツに埋まるようにして、リディアーヌは心地よさげに眠っている。

フェリクスはリディアーヌの枕元に腰を下ろし、手を伸ばす。長いストロベリーブロンドの髪は指通りがよくしなやかで、ずっと触っていたくなるほどだ。髪だけではなく頬に触れてくちづけて、彼女の身体の隅々まで味わいたい。……だが今それをしてしまったら、彼女を起こしてしまう。

焦《あせ》らなくてもいいはずだ。リディアーヌとの結婚の承諾は周囲からも本人からも得ている。夫婦になれば、彼女は自分に応えてくれる。それまでは少しずつで我慢しないと。

フェリクスはリディアーヌの髪をひと房取り上げ、そこにくちづけ、髪の甘い香りを吸い込んだ。

「ああ……早く貴女のすべてを、私のものにしたい……」

「……ん……」

リディアーヌが、小さく息を漏らす。これ以上してしまったら、リディアーヌの目が覚めてしまうだろう。ひどく残念な気持ちで、フェリクスは身を起こす。

「安心して朝までお眠り下さい。貴女は私が守ります」

フェリクスのぬくもりを感じたような気がして、リディアーヌは目覚めた。

だが予感に反して彼の姿は何処にもなく、リディアーヌはしょんぼりしてしまう。頑張って早起きをしたつもりだったが、遅かったのだろうか。

扉が、遠慮がちにノックされる。起こしに来てくれた召使いの声に、返事をする。中に入ってきた召使いの娘は、リディアーヌがもう目覚めていることに少なからず驚いたようだった。

「ま、まあ、リディアーヌさま。お起こしする前からお目覚めに!?」

「でも、フェリクスさまにはお会いできなかったわ……」

沈んだ声で言うと、召使いは慌てて場を取りなしてくる。

「そ、それは仕方ありません。予定よりも早くお帰りになりましたが、湯あみをしたらまたすぐにお出かけになりましたし……」

召使いに余計な気を遣わせてしまったことに気づいて自己嫌悪しながら、リディアーヌはフェリクスの状況に目を瞠ってしまう。それでは一睡もできていないではないか。

召使いがリディアーヌの夜着を脱がせ、昼間用のあまり装飾のない動きやすいドレスに着替えさせてくれる。それに身を任せながら、リディアーヌは言った。

「フェリクスさまのお身体が心配だわ……」

「ですがフェリクスさまは騎士です。日々、お身体を鍛えています。一晩くらいの徹夜は、大丈夫ですよ」

「それは、そうかもしれないけど……」

召使いは次にリディアーヌをドレッサーの前に座らせて、髪に櫛《くし》を入れていく。

髪を梳《す》いてくれる感触が、とても気持ちいい。うっとりとしてしまいながら、リディアーヌは何かフェリクスのためにできないかと、考える。

髪が綺麗《きれい》に整え終わったあと、リディアーヌは一つ、いいことを思いついた。

「そうだわ！　お疲れのフェリクスさまに、何か差し入れをするのはどうかしら!?　心も身体も癒されるようなものがいいわよね」

とはいえ、何がいいのかはすぐには思いつかない。何か品物を見ながら決めるのがよさそうだ。

リディアーヌは椅子から立ち上がり、召使いに向き直った。

「せっかく早起きしたんだもの。お買い物に行きたいわ！　フェリクスさまのお疲れを癒せるようなものを探しに行きたいの」

「まあ……リディアーヌさま、いけません」

こんなにあっさりと却下されるとは思わなかったリディアーヌは、驚いて絶句してしまう。

召使いは話をそれ以上続けるつもりはないらしく、ドレッサーの上を手早く片づけると、頭を下げた。

「朝食はサロンでよろしいでしょうか？」

「ちょ、ちょっと待って。一人で外出したいとは言ってないのよ？」

自分の立場を考えれば、お忍びでの外出ができないことはわかっている。この程度のことで意味のない我が儘を貫くつもりもない。

「館の外は危険です。ですから、いけません。リディアーヌさまはこの館の中にいらっしゃるのが、一番安全なんです」

ずいぶん大袈裟な物言いに、リディアーヌは少々呆れてしまう。

「危ないって……大袈裟よ」

「大袈裟ではありません！　リディアーヌさまは以前、御身を狙われたことがあります。いくらお付きの者をつけても、心配でたまりませんわ。それにフェリクスさまのご許可もないのに、私の一存でどうこうするわけにもまいりません」

優しい笑顔と口調なのに、とりつく島がない。事件のことを言われると、リディアーヌもそれ以上の反論ができなくなってしまう。口ごもってしまうと、召使いはその強さのまま、リディアーヌを朝食の間へと案内し始める。リディアーヌは仕方なく彼女のあとに続くしかなかった。

日を変えて別の召使いに頼んでも、リディアーヌの願いは叶えられなかった。最後には執事にも直談判《じかだんぱん》してみたが、結局彼の答えも皆と同じだった。

危ないから駄目だ。フェリクスの許可がないから駄目だ。その一点張りである。

(確かにあの誘拐事件から、まだ一年しか経っていないし……心配されるのも仕方ないのかもしれないわ)

夕方になると、カバネル公爵夫人がご機嫌伺いに来てくれて、二人で女同士の気安いおしゃべりを楽しんだ。

公爵夫人の来訪を機に、リディアーヌは彼女に高位貴族の妻としての仕事などについて尋ねてみた。彼女はリディアーヌの質問に驚いた顔を見せたものの、嬉しそうに笑っていろいろと教えてくれる。

大抵は社交的な交流についてだったが、家の財産をきちんと把握しておくことや夫の仕事内容を理解しておくことなども教えてもらい、リディアーヌはフェリクスのためにまだまだ何もできていないことを自覚した。

「教えて下さってありがとうございます、公爵夫人。私……まだ貴族の妻というのがよくわかっていなかったんですね」

「そんなことはありませんわ、そういうことに興味を持って下さったことは、とても嬉しいんですよ。あとは……そうですね。やはりフェリクスとよく話をするのがいいかと思います。妻が家の中のことを勝手にするのは、あまりよいとは言えませんからね」

教え導く立場の者としてではなく、これからやって来るだろう新婚生活に努力しようとする娘を見守るような優しく柔らかな微笑を、公爵夫人は向けてくれる。リディアーヌも笑顔で頷き返した。

「はい！　そうしてみます」

「ところで姫さま。何かございました？」

そのひとときの中で、公爵夫人はリディアーヌの表情の曇《くも》りに気づいてくれる。隠していたことを知られてリディアーヌとしてはなんとも情けないような恥ずかしいような気持ちになってしまったが、彼女の優しい笑顔と言葉に促されて、愚痴《ぐち》るように昨日今日にあったやり取りを話してしまう。

話を聞き終えると、公爵夫人はため息混じりに苦笑した。

「姫さま、どうかお気になさらないで。皆、貴女のことを心配しているだけです。それにフェリクスも、貴女のことをよろしく頼むと皆に言っていたようですから」

「でも……それにしては行きすぎだと思います。公爵夫人にお会いするためにこの棟を出るのも駄目だなんて……」

フェリクスがまだ激務で夜は遅く朝は早く出かけることを繰り返しているため、正直なところリディアーヌは寂しかった。それでもフェリクスの妻としてこの家のしきたりや、付き合いのある貴族などの勉強をして気を紛らわせてはいたが、やはり寂しいことは変わらない。外出が駄目ならば公爵夫人に会いに行こうとしたのに、今日はそれすらも危ないからと召使いたちに阻《はば》まれてしまった。

（まるで監視されてるみたいで……）

いや、そんなわけがない。深く考えすぎだと、リディアーヌは内心で首を振る。

だが、その傍からじわりと滲み出してくる不安もあった。

（でも、考えてみたら他にも……）

思い返してみると、この二日間、自室以外で召使いの姿がないときがない。特に意識もしていなかったが、さりげなく傍に誰かしらがいるようにも見える。

（まさか……ね……）

「あの子の悪いくせね。とても心配性なんです。……あら、もうこんな時間」

公爵夫人が立ち上がる。リディアーヌは主棟のところまで、公爵夫人を見送った。……当然のように召使いが二人、リディアーヌに付き従ってきた。

公爵夫人を見送ったあと、リディアーヌは図書室に向かうことにする。二人の召使いたちもついてきた。

「夕食の時間まで一人になりたいわ。本を読んでいるから、時間になったら呼びに来てくれる？」

「では、私が控えさせていただきます」

「……一人になりたいって言ったと思うけど……」

少しだけ嫌味っぽく、リディアーヌは反論する。だが召使いはまったく堪《こた》えた様子がない。

「ご自分が留守の間、くれぐれもよろしく頼むとフェリクスさまに言われています。リディアーヌさまをお一人にするなんて、できません！」

「で、でもここは、カバネル公爵のお館よ？　警備だって厳重だし、あなたたちがそんなに心配することはないと……」

「それです。その気持ちが油断だと、フェリクスさまはおっしゃっていました！」

「……そ、そう……」

フェリクスの名を出されてしまうと、再び強くも言えない。それどころか、ますます『監視されている気持ち』が強まってしまう。

(でも、私を監視する必要なんてどこにも……)

フェリクスとの婚儀を、破棄されないようにするためだろうか。リディアーヌがやはり結婚は嫌だと言っても、逃げ出したりしないように？

『清廉潔白に見えても、団長も所詮は男です。野心があるからこそ、姫さまを取り込もうとしているのかもしれませんよ』

レナルドから与えられた忠告が自然と思い出されてしまい、リディアーヌは今度は心の中だけではなく実際に首を振った。

（考えすぎよ。それにフェリクスさまが今こんなに忙しいのだって、私との時間を作るためにして下さっていることなんだから……）

自分の利益のために動く人ではない。リディアーヌの知る彼は、優しくて高潔な人なのだから。

外出が駄目ならばと召使いに買い物に行かせ、リディアーヌは入浴剤とハーブティをいろいろと購入してきてもらった。フェリクスのためを想ってのことだと知っている召使いたちは張り切り、リディアーヌが予想していた以上の量と種類を購入してきてくれた。

今夜も帰りは遅いから先に休んでいるようにと、フェリクスからの伝言は届いている。ならば帰ってきたら使ってもらえるよう、リディアーヌはテーブルに並べられた入浴剤を吟味《ぎんみ》していた。

夢中になっていたわけではなかったが、随分時間が経っていたらしい。リディアーヌが気に入った一つの瓶の蓋を閉めたとき、扉が少し控え目にノックされた。

「リディアーヌ？　起きているんですか？」

フェリクスの声だ。リディアーヌは驚きとそれ以上の喜びで、扉に駆け寄る。

「お帰りなさいませ、フェリクスさま！」

「ただいま戻りました。しかしリディアーヌ、こんな時間まで起きていたら、疲れてしまいますよ」

言われて時計を見ると、確かにいつもならばベッドに入っている時間だった。だがフェリクスのことを考えれば、たいした夜更かしではない。

リディアーヌは笑顔を浮かべた。

「フェリクスさまのために、何か疲れが取れるものをと思って、いろいろと買ってきてもらったんです。……フェリクスさま、顔色が悪いです……」

すぐに倒れるようなことは鍛えているためになさそうだったが、いつものフェリクスの顔色に比べると悪い。深みのあるターコイズブルーの瞳も、今はくすんでいた。

心配げな表情を隠せないリディアーヌに、フェリクスは笑いかける。

「ご心配にはおよびません。私は騎士ですから、このくらいは本当に何ともないんです。あと二日ほどですべて片づきます。そうしたら、長期休暇ですよ。ゆっくり休めますしね」

「でも……」

フェリクスはそう言ってくれるが、とても安心できない。就寝の挨拶をしようとしたフェリクスの腕を、リディアーヌは摑んだ。

「……リディアーヌ」

「やっぱり駄目です。そんなお顔のフェリクスさまを、そのままにはしておけません。夫が疲れて帰ってきたのなら、その疲れを少しでも癒すのは、つ、妻の役目です！」

何だか急に恥ずかしくなって、最後は勢いをつけて言う。フェリクスは驚きに軽く目を瞠ったあと、ふわりと嬉しそうに微笑んだ。

「貴女にそう言っていただけるとは……とても嬉しいです。では、まずはお帰りなさいのキスをして下さい」

フェリクスの両手がリディアーヌの細腰に回り、抱き寄せる。リディアーヌは恥ずかしさに耐えながらフェリクスを見上げ、目を閉じて——軽く唇を開いた。

フェリクスの薄い唇が、押しつけられる。濡れた熱い舌が口中に潜り込み、リディアーヌの潤《うる》んでいるそこをじっくりと味わってきた。

あっという間に身体の力が抜けてしまい、膝が危うくなる。だがフェリクスの腕がリディアーヌをしっかりと抱きしめてくれるため、崩れ落ちることはなかった。

舌を搦め捕られ、柔らかく吸われる。だがくちづけはすぐに飢えて貪《むさぼ》るものへと変わり、リディアーヌを息も絶え絶えの状態にしてくれた。

「フェ、フェリクスさま……も、もう……」

「……駄目です。まだ、もう少し……」

「ん……んぅ……っ」

リディアーヌが自分の胸にもたれかかってしまうまで激しいくちづけを与え続けたあと、ようやくフェリクスは唇を離した。リディアーヌはフェリクスの胸元にすがりつくようにしながら、はあはあと荒い呼吸を繰り返す。

疲れているフェリクスに身体の重みをかけてしまっていることに気づき、リディアーヌは慌てて身を離そうとする。フェリクスはしかし腰に腕を絡めたままだ。

「あ、あの、フェリクスさま。入浴の用意をしますね。何かお好きな入浴剤など、ありますか？」

テーブルに並べた容器の数々を、リディアーヌが指し示す。フェリクスはリディアーヌの身体を抱き寄せたままでテーブルに近づき、それらを物色した。

だがすぐに目を逸らして、リディアーヌを見下ろしてくる。

「貴女が私のために選んで下さったものがいいです。貴女の優しさに包まれたい」

(な、何だかすごく恥ずかしい……)

リディアーヌは頬を赤くしながら、選んでいた一つを手に取る。ミルク色の入浴剤にはラベンダーの香料が入っているものだ。

「これなんてどうでしょう」

小瓶の蓋《ふた》を開けて、フェリクスが香りを確かめる。そして嬉しげに頷いた。

「とてもいい香りです」

「よかった……！　あの、すぐに用意しますね！」

フェリクスに喜んでもらえたことが嬉しくて、リディアーヌは張り切ってしまう。すぐさま召使いたちに命じて、入浴の準備を整えさせた。

待っている間は他愛もないけれども穏やかな話をして、フェリクスの心が少しでも癒されるようにする。リディアーヌの気遣いが通じてくれているようで、フェリクスの表情は柔らかく解れていった。

「リディアーヌさま。湯あみの準備が整いました」

召使いが呼びに来てくれて、リディアーヌはフェリクスをバスルームに追いたてる。

バスルームまでは一緒に行く。だがそこで、リディアーヌは軽く小首を傾《かし》げてしまった。

浴室係の召使いたちがいない。これではいったい誰がフェリクスの入浴中の世話をするのか。

「フェリクスさま、私、召使いを呼んで……」

「ふう……」

バスルームに続く扉の前でそう言いかけると、フェリクスが大きくため息をついた。それがひどく疲れているものに思えてしまい、リディアーヌは思わず別のことを口にする。

「フェリクスさま……私に他に何かできることがあったら、言って下さい。フェリクスさまのことが、とても心配なんです」

「リディアーヌ……そんなふうに言っていただけて、とても嬉しいです。ですが、してもらいたいことはあっても、貴女にはまだ無理かと……」

「……そんなことはありませんっ！　私はフェリクスさまの妻になるためにカバネル家に来ました。夫が求めることならば、それに応えるのが妻の役目だと私は思います」

自分の両親を見ていれば、互いが互いを想い合っていることがよくわかる。夫婦とは、そうあるべきなのだ。

「私は、フェリクスさまのお力になりたいんです」

フェリクスはその言葉にひどく感動してくれたようだ。感激の笑みを満面に浮かべて、言う。

「では、一緒に入ってください」

「……え？」

一瞬何を言われたのかわからず、リディアーヌは間の抜けた返答をしてしまう。フェリクスはリディアーヌの肩を抱いてバスルームに入った。

猫脚の陶器製のバスタブには、もう湯がたっぷりと注がれている。リディアーヌが選んだ入浴剤も入っていて、湯はミルク色になっていた。

バスルームの中には湯気があり、それだけで何だか身体が熱くなってくる。漂う香りはリラックスを促すラベンダーのそれだ。確かに、この湯船で身体を伸ばしたら気持ちいいだろう。

……でも、二人で？

「……あ、あの……それは……っ」

「なぜか浴室係もいませんしね。貴女が私の入浴の世話をして下さい」

「え……あ……待って……っ」

「夜着が濡れて動きづらくなるのはいけませんからね。脱ぎましょう」

リディアーヌが反論の言葉を紡ぎ出すより早く、フェリクスがあっという間に夜着を脱がせてしまう。フェリクスの方は自分で団服を脱ぎ、衝立《ついたて》の上にリディアーヌの夜着と一緒に掛けた。

剣術で鍛えた身体は、美術館に飾られている男神を模《も》したブロンズ像のようだ。無駄な筋肉はなく、湯気でしっとりと肌が濡れて、艶めいても見える。リディアーヌはフェリクスの裸の上半身を見てしまい、反射的に両手で顔を覆った。

それを見て、フェリクスが低く笑う。

「可愛いお顔だけ隠されても、とても美しいお身体はすべて私の目に入りますが」

「……っ!!」

そのことに気づき、リディアーヌは慌てて片腕で胸元を、もう片方の手で両足の間を隠す。だがこの程度では『隠す』にも当たらない。

フェリクスはリディアーヌに全裸を見られてもまったく気にしていないようで、バスタブの中の湯加減を片手で確かめると悠々とそこに入る。

リディアーヌは、フェリクスに背を向けた。あとはもうこのくらいしか自分の裸身を隠す手段が思いつかなかった。

「リディアーヌの後ろ姿も、とてもいいですね。丸いお尻が可愛いです」

「……っ!?」

リディアーヌはもうどうしたらいいのかわからず、衝立から飛び出そうとしてしまう。だがそれよりも早く、外から召使いたちに声をかけられた。

「リディアーヌさま、スポンジと石鹸《せっけん》はシャワーの下辺りに置いてあります。どうぞフェリクスさまのお身体を、綺麗にして差し上げてくださいませ」

「え……あ……待……っ」

衣擦《きぬず》れの音が、どんどん遠ざかる。リディアーヌが声を出そうと必死にあがいている間に召使いたちはバスルームを出ていってしまった。

(ど、どうしたらいいの……っ!?)

「リディアーヌ、いつまでもそんなところにいたら貴女の身体が冷えてしまいます。さあ、こちらに来て下さい」

フェリクスが、優しく――いや、誘うような甘い声で言ってくる。リディアーヌはもうどうしていいのかわからず、身を縮めて首を小さく振り続けるだけだ。

「で、でも……でも……っ」

フェリクスは、くす……っと笑みをこぼすと、バスタブから立ち上がった。少し大きめの水音がして、リディアーヌの背筋がビクリと震える。

だからといってフェリクスが何をしているのか確かめることもできずにそのままでいると、背後から彼の両腕が伸びてリディアーヌの身体を抱き上げ、バスタブの中に沈めた。

「……あ……っ！」

膝を立てたフェリクスの足の間に、リディアーヌが座る格好だ。背中がフェリクスの厚い胸にぎゅっと押しつけられるほどにきつく抱きしめられる。

湯は白く濁《にご》っているから、フェリクスの身体も自分の身体も見えない。だが触れていることはわかるため、リディアーヌの身体はカチカチに固まってしまう。

二人がぴったり寄り添って入らなくても、フェリクスが両足を伸ばせるほどに、バスタブは大きい。フェリクスはリディアーヌの頭の上に軽く顎先を乗せるようにしてきた。

「貴女の身体はとても小さいですね……こうして抱きしめると、すっぽりと腕の中に納まってしまいます」

フェリクスの唇が、頭頂にくちづけてくる。リディアーヌは自分の腰に回っているフェリクスの力強い腕を意識してしまい、身体を強張らせたままだ。

「……あっ、あの……フェリクス、さま……っ？」

呼びかける声が変に裏返ってしまって、恥ずかしい。しかもバスルームは普通の部屋とは違って反響が強い。

フェリクスは後ろからリディアーヌの髪にくちづけを与え続けた。だがその唇はどんどん下りていき、髪をかき分けるようにして耳に押しつけられる。

「……あ……っ」

小さく声が漏れてしまって、リディアーヌ自身が驚いた。フェリクスはリディアーヌの耳に唇を押しつける。

「何でしょう、リディアーヌ」

熱い呼気が吹き込まれて、身が震えてしまった。ちゃぷんと水面が揺れて、リディアーヌは懸命に声を押し出す。

「……ふ、夫婦とは……このようなことをする、のですか……っ？　わ、私……父さまと母さまがこんなことをしているのを、見たことも聞いたこともありません……っ」

「夫婦の触れ合いは、子供に教えることではありません。私も、貴女との間の子に、教えるつもりはありませんよ。ですからこれは、夫婦だけが知る蜜事なのです」

（私と……フェリクスさまの……子……）

まだそんなことまで考えられなかったが、フェリクスが自分を妻として受け入れてくれている結果がそこに至ることを感じて、リディアーヌの心がときめく。憧れて好意を寄せていた相手との子を育《はぐく》むことになる未来は、リディアーヌにとっては至福のかたちだ。

「それに……私は貴女に触れていると、とても心が休まるのです。貴女のことを愛しているからですね。貴女は、どうですか？」

「……どう……とは……？」

「私に触れていると、何かを感じませんか？」

問われて、リディアーヌは少し気を落ち着かせてフェリクスのぬくもりを感じ取る。湯の温かさと一緒にフェリクスの腕にすっぽりと包み込まれていると、確かに不思議な安心感を覚えた。

何者からも守ってもらえるような安心感を、感じられる。

リディアーヌはそっと目を閉じて、答えた。

「……とても安心して……心が休まります」

「では、私と同じです。貴女に触れることに、何も問題はありませんね」

「あ……っ」

首筋にフェリクスの唇が下りて、髪先から伝い落ちてきた湯の雫《しずく》を舌が舐め取ってくる。

舌のぬるついた感触に、リディアーヌは唇を噛みしめた。そうでもしないと、淫《みだ》らな声がこぼれてしまう。

「……フェリクスさま……あ、の……」

「貴女に、触れさせてください。貴女を感じることで、私はとても癒されるのですから……」

「え……あ……っ！」

フェリクスの片腕は相変わらずリディアーヌの身体に絡みついたままだったが、もう一方が緩やかに湯の中で動き始めた。

腰を撫《な》でられ、脇腹を撫で上げられる。下乳の部分をさわりと撫で上げられると、リディアーヌの身体が跳ねるように震えた。

「あっ！」

フェリクスの片手は、リディアーヌの胸の膨《ふく》らみの片方を包み込んできた。掌が弾力を確かめるように丸く撫で回してきて、リディアーヌは身を捩《よじ》る。

「……フェリクスさま……何、を……っ」

「夫婦になれば、こうやってお互いのことをもっと深く知るようになります」

リディアーヌも何も知らない子供ではなく、夜伽《よとぎ》の知識は簡単に聞かされている。だがそれは、婚儀を終えて初夜を迎えるときに訪れるもので——少なくとも今ではないはずだ。

「貴女の身体のことを教えてください」

「で、でも……こ、んな……っ」

「同時に、私の身体のことも知っていただきたいのです」

（フェリクスさまの、ことを……）

そう言われると、強い抵抗もしづらくなる。フェリクスが、リディアーヌの耳朶《みみたぶ》を、こりっと唇で嚙んだ。

「初夜は、貴女にどうしても負担をかけてしまうことになります。ですから貴女がいいと言うところを、知っておきたいのです。さあ……胸をこんなふうにされると……いかがでしょうか」

身体を抱きしめていた手も外れて、両手が乳房を包み込んでくる。白く濁った湯では何をされているのかわからないため、なんだかフェリクスの手の感触を強く感じてしまった。

「あ……っ」

フェリクスの両手が、すぐに激しく乳房を捏《こ》ね回し始めてきた。柔らかなそこがわし摑みにされて自在にかたちを変えることが楽しいのか、揉《も》みしだかれる。

「ああ……貴女の胸は、こんなに柔らかいのですね。それに私の手にしっくりと馴染《なじ》んで、とても気持ちがいいです」

白い湯によって見えないが、こんなに激しく揉まれたら乳房がちぎれ取れてしまいそうだ。それにまだ男を受け入れたことのない未熟な乳房には芯があって、急に激しくされると小さな痛みがある。

「……ん、ん……っ」

「こうして……胸を揉まれるのは、好きですか？」

「……フェリクスさま……あ……少し、弱く……し、て……痛、い……あぁ……っ」

リディアーヌの言葉で、フェリクスがはっとする。そして今度は優しく——リディアーヌの反応を確かめるように力を加えてきた。

「……すみません、リディアーヌ。そうでしたね、貴女は男を知るのは私が初めてだ。こんなふうに強くしたら、痛いですね」

「……ん……んぁ……あっ、こ、んどは……大丈夫、です……」

リディアーヌの反応を見ながらの愛撫《あいぶ》は、指の力加減が絶妙だ。恥ずかしさも湯の熱さに溶けていくようで、リディアーヌははあはあと荒い呼吸を繰り返す。

「気持ちいいですか？」

「……あ……そんなこと、恥ずかし……」

「私は貴女の身体がどんなふうに感じるのかを知りません。ですから……教えて下さい」

そう言われてしまうと、これもまた拒《こば》めない。リディアーヌは湯の熱さだけではなく真っ赤になりながら、小さく頷く。

「気持ち……いい、です……」

フェリクスが、嬉しそうに笑った。

「では……この可愛らしく立ち上がってきたここを……こうしたら、どうでしょう？」

「な、んのこと……？」

フェリクスがどこのことを言っているのかわからず、リディアーヌは困惑《こんわく》する。フェリクスは低く笑うと、リディアーヌの胸を押し上げて湯面から露《あらわ》にさせた。

丸みのある胸の膨らみの頂《いただき》が確かに凝《しこ》って尖《とが》り、いつもよりもかたちをはっきりさせている。

「貴女の胸の……ここです。見てみてください。いつもよりも固く尖っているでしょう？」

「……ひぁ……っ？」

「こうすると……もっと固くなりますよ」

フェリクスの指が、胸の頂を捕らえて摘《つま》む。指の腹で頂の側面を擦《こす》り立てられると、身体がじん……っ、としびれるような気持ちよさがやって来た。

「……あ……あ、何……っ、フェリクスさま……っ」

「可愛い声が出てきました。……気持ちがいいですか？」

肩口から耳の下までをねっとりと舐め上げられて、身体が揺れてしまう。確かに初めて知る気持ちよさがあったが、それを肯定するのは恥ずかしくてたまらない。

フェリクスの指は、興味深い玩具《がんぐ》を手にした子供のように、執拗《しつよう》に胸の二つの粒をいじり回してくる。摘まれ、指で押し揉まれ、爪先で弾かれ——リディアーヌは涙ながらに懇願した。

「……フェリクスさま……！　も、もうそこ、は……いじらないで……っ」

「よくは……ありませんか？　私は貴女のこの可愛らしい粒を、舐めしゃぶりたいのに……」

そんなことをされたら、自分の身体がどうなってしまうかわからない。リディアーヌは反射的に首を振ってしまう。

「や……そんなこと、しないで……っ」

フェリクスはひどく残念そうなため息をついた。

「……わかりました。リディアーヌが嫌がることはしたくありません。では、胸はやめて、こちらを可愛がりましょう」

「……え……や……どこ……を……っ」

白濁《はくだく》した湯の中で、フェリクスの手が動く。だが湯を見下ろしても、どこを触ろうとしているのかリディアーヌにはわからない。

リディアーヌはフェリクスの手の動きを止めようと、湯の中で彼の腕をなぞりおりようとして――ビクンッ！　と大きく震えた。

「……あ……あぁ！」

フェリクスの両手が、リディアーヌの脚の間に入り込んでいる。淡い茂みを十本の指が優しくかき回して、恥丘《ちきゅう》をふにふにと押し揉んだ。

「ここも、柔らかいですね」

「……あ……や……駄目……っ」

「さらに奥に……貴女の秘密の場所があるそうです」

「……駄目……っ」

指はどんどん下っていく。慌てて脚を閉じようとすると、フェリクスのそれぞれの脚が絡まってきて阻んだ。

「いけません、リディアーヌ。夫婦の間に隠し事をすると、離縁の原因になってしまうそうですよ。貴女のすべてを、私に教えていただけなければ……」

それだけではなく絡めた脚に力を入れると、ぐいっと大きく押し広げてしまう。

「……いや！　フェリクスさま……！　そんなところ、まだ、誰にも……」

「ええ、そうです。まだ誰にも知られていないここを熱く蕩けさせておかないと、貴女が私を受け入れるとき、負担がかかってしまうんです。さあ……貴女が気持ちよくなるところを教えて下さい。……ここはいかがです？」

「い……やぁ……っ」

リディアーヌの泣きじゃくりそうな制止の声などまったく無視して、フェリクスの指が割れ目に入り込んだ。上下にゆっくりと指の腹で撫で擦られて、リディアーヌは鈍《にぶ》い快楽を腰に感じて身を震わせる。

(な……に、これ……!)

今までされたどの愛撫よりも、気持ちがいい。このままいじられたら自分がどうなってしまうかわからず、リディアーヌは慌てる。

「……あ……そんなところ……触っては……いけま、せん……!」

「なぜですか? 私は貴女のここも、舐めたいほどなのに」

(舐める!?)

当然のように続けられたフェリクスの要求に、リディアーヌは仰天《ぎょうてん》する。

「……き、たない……です……っ」

「……ああ、そんなことはありません、私のリディアーヌ。貴女の身体は、どこも美しい……貴女の身体なら、足の指だって私は舐められますよ。しましょうか?」

そんなことを、フェリクスにさせたくない。リディアーヌは慌てて首を振った。

「し、しなくてい…………あっ、あっ! ああっ!」

フェリクスの指が、リディアーヌの肉襞《にくひだ》を押し広げてくる。湯が入ってくる感触にぞくりとした。

「あ……お湯、が……入ってきちゃ……」

「この中に、貴女が感じる場所があるんです」

フェリクスは肉襞の中に埋もれている花芽《かが》を探り当てると、指で押し揉んできた。

「……ああっ！」

「ここですね。ここが……女性の感じる場所の一つだそうです。気持ちいいですか？　私の指で、気持ちよくなってください」

「……ああっ！　あっ、あふ……っ、あっ！」

いつものフェリクスからは想像もつかないほどの激しさと執拗さでもって、花芽が指で捏ね回される。リディアーヌは身体をびくびくと震わせ、その揺れが水面を揺さぶった。

何か、身体の奥から熱が溢れてくる。リディアーヌはフェリクスの肩口に後頭部を押しつけ、目を瞠った。フェリクスの端整な顔が、自分を見下ろしているのがわかる。

ターコイズブルーの瞳が、自分を射貫《いぬ》くように熱く見つめている。どんな反応も見逃さないように。

「いや……フェリクスさま、見ないで……!!」

「なぜですか？　とても可愛らしいのに……」

「ああ……っ!!　ああっ!!」

指がぬるついている。そこから滲み出す蜜を纏《まと》った指が、花芽を擦り立ててくる。気持ちがいい。

「まずはここで気持ちよくなることを覚えましょう。さあ……もっと気持ちよくなりますよ」

「いや……いや、フェリクスさま……っ！　気持ちよくなる……の……いや……」

「絶頂を感じないと、私を受け入れることができません。リディアーヌ、夫を受け入れるためのこれは……そうですね、いわば妻に課せられる試練です。私のために、耐えてください」

（フェリクスさまの、ために……？）

だが彼のためというよりも、与えられる愛撫が気持ちよすぎて何も考えられなくなってしまう。

「……でも……頭が、おかしくなってしまいそう、です……！」

「……ああ……なんて、愛らしい……」

「……んぅ……っ!?」

感極まったように呟いたフェリクスが、リディアーヌに覆い被さるようにしてくちづけてきた。

舌がぬるぬると擦り合わされ、絡まる。そうしながら、花芽をいじる指の動きはどんどん激しくなっていく。

「……んぅ……んっ、んー……!!」

くちづけで呼吸がままならなくなって、息苦しい。それなのに、気持ちよさはもっと強くなる。身体の全部が、フェリクスが与えてくれる快楽に飲み込まれていく。

「……ぷは……っ、はっ、はぁ……っ！」

唇を離したフェリクスは、リディアーヌの唾液で濡れた唇を甘味《かんみ》を味わうように舐める。

そしてリディアーヌを絶頂に押し上げるべく、花芽をさらに激しく擦り立てた。

「……あっ、ああ……駄目……っ!!　そんなふうにしたら……っ」

「リディアーヌ……ああ、可愛い。貴女が私の指で、絶頂を迎える瞬間が見たい……！」

「あ……あっ、あっ、あぁぁっ!!　駄目……も……駄目……ぇ……っ!!」

花芽を強く押し潰すように摘まれて、リディアーヌは達する。頭の中で何かが破裂して、意識が真っ白になった。

リディアーヌは大きく見開いた瞳をぐったりと閉じて、フェリクスの胸にもたれかかる。

フェリクスはリディアーヌのそんな様子をとてもいとおしげに見つめて、身体を優しく撫でてくれている。やがてしばらくすると、リディアーヌの呼吸も落ち着いてきた。

フェリクスが、眉間の間にちゅっと軽くくちづけた。

「大丈夫ですか？」

「……は、い……」

「達した貴女はとても可愛かった。すぐにでも貴女の柔らかく潤んでいるあそこに、私のものを入れたくなりました」

入れる、とは――リディアーヌのぼんやりとした意識が、直後に覚醒《かくせい》する。知識としては知っていても実体験はまったくないリディアーヌは、フェリクスにどう答えていいのかわからず、うろたえてしまった。

ひとまずフェリクスの胸にもたれかかるのは重いからやめようと身じろぎをした際、臀部《でんぶ》に何やら堅くて熱く張り詰めたものを感じ取った。肌を押し破りそうな勢いのそれは、見たことはないが――男の象徴ではないか。

「……フェ、リクス、さま……あ、の……私の、お尻に……」

「ああ……気づいてしまいましたか？　貴女が欲しくてたまらないから、私のものがこうなってしまうんです」

臀部の割れ目に、ぐいっ、と男根が押しつけられる。先端はつるりと丸みがあって、滑《なめ》らかだ。

（……そ、それが……私の、中に……？）

肌に感じる先端の感触からすると、何やらとても大きいもののように感じる。リディアーヌが真っ赤になって身を強張らせていると、フェリクスが立ち上がった。

ザパッと激しい水音が立って、リディアーヌは慌てて目を閉じる。フェリクスはそのままリディアーヌの脇の下に両手を差し入れると、立ち上がらせた。

まだ絶頂の余韻を引きずって、足元がおぼつかない。フェリクスはリディアーヌの腰を片腕で支えながら、空《あ》いた手でスポンジを取った。

「リディアーヌ、身体を洗って下さい」

「……えっ」

「湯に浸かっただけでは、汗や汚れは綺麗に落ちませんから。私は貴女を支えていなければなりませんし」

確かにフェリクスの片腕がなければ、足元から崩れてしまいそうだ。だがあんなことをされたために、フェリクスの裸身を見ることは難しい。

「……あ、あの……目を、閉じたままでも……いいですか……？」

「私はまったく構いませんよ。なら、何処に手を伸ばせばいいか、お教えしましょうか」

フェリクスの片手が、リディアーヌのスポンジに石鹸を与える。リディアーヌは目を閉じたまま、石鹸を泡立て始めた。

感覚を頼りに泡立て具合を確認してから、フェリクスの肌に押しつける。

フェリクスが、今触れている場所がどこなのかを教えてくれる。リディアーヌは早速洗い始めた。

こしこしこし、とフェリクスの肌を必要以上に傷つけないように気をつけているため、リディアーヌは懸命になる。わき腹の辺りにスポンジを滑らせると、フェリクスが小さく笑った。

「そこは結構くすぐったいですね、リディアーヌ」

「あっ、ご、ごめんなさい！」

リディアーヌは慌てて謝罪しながら――思わず目を開いてしまう。ちょうどそれは、フェリクスの雄が目の下にある位置だった。

「……あ……っ」

肌を滑り下りた泡がまとわりつくそれは、腹につきそうなほどに高ぶっている。筋の浮き出たそれは赤黒く、フェリクスのブロンズ像のような裸身にはひどく不似合いな雄々しいものだ。

（こ、これ……フェリクスさまの……？）

一度目に入ってしまうと、背けることができない。リディアーヌは思わずごくりと息を呑んでしまう。

フェリクスが、小さく苦笑した。

「すみません、リディアーヌ。気持ち悪いですか？」

「……い、え……ただ、びっくりして……しまって……」

（これが、私の中に……入る、の……？）

リディアーヌは本能的な怯《おび》えに身を震わせてしまう。無理だ。絶対に無理だ！

フェリクスが、リディアーヌの手首をそっと掴んだ。たいした力はこもっていないはずなのに、リディアーヌの手はフェリクスの男根に導かれてしまう。

「そこもちゃんと洗って下さい。こんななりをしてしまいますが、女性が思う以上に繊細なものなんです。大事に、優しく洗って下さい」

(大事に、優しく……)

フェリクスの言葉を、リディアーヌは暗示にかかったように頭の中で繰り返す。だったら、スポンジで洗ったら、傷つけてしまうのではないか。

(何かいい方法は……あ……!)

リディアーヌはごくりと喉《のど》を鳴らしたあと、スポンジをバスタブの縁に置く。フェリクスが、残念そうにため息をついた。

「やはりまだ、リディアーヌには無理だったようで……」

「いいえ。できます」

決意を込めた声で言ったあと、リディアーヌは石鹸を手に取る。掌の中で泡を立てると、たっぷり作ったそれをフェリクスの男根に乗せた。

「リディ……」

名をすべて呼ばせないうちに、リディアーヌはフェリクスの男根を両手でそっと包み込んだ。

あまりの固さと脈打つ生々しさに、一瞬ビクリと手を離してしまいそうになる。だが震える心を叱咤《しった》して、リディアーヌは掌でゆっくりと男根を撫で洗い始めた。

「……リディアーヌ……？」

フェリクスの困惑の声に、リディアーヌは必死に告げた。

「あの……スポンジだと、もしかしたら痛いかと思って……」

石鹸の泡を男根に擦りつけ、指の腹でそっと撫でる。フェリクスが小さく震え、リディアーヌは慌てて手を離した。

「ごめんなさい……！　痛かったですか!?」

「いいえ。気持ちよすぎただけです」

（気持ち……いい……？）

リディアーヌはフェリクスの感じ入った言葉に、瞳を瞬かせてしまう。

男性は、ここを触られると気持ちいいのだろうか。自分が胸や花芽をフェリクスに触られて気持ちよかったように。

（フェリクスさまを……気持ちよくさせたい……）

リディアーヌはフェリクスの男根を、指で撫で続けた。泡がぬるぬるとまとわりつき、フェリクスの男根の生々しさをほどよく隠してくれる。だから、フェリクスの促しの言葉にも従えたのかもしれない。

「……もどかしいですね……もっと、強く擦ってください……」

「で、でも……痛くしてしまったら……」

「私は騎士です。多少の痛みには耐えられます。さあ、私のものを強く握ってください」

言われるままに、泡がまとわりついた男根を掴むように握る。するとフェリクスがリディアーヌの手首を掴み、上下に動かし始めた。

「……あ……っ」

「そう……こうして、扱《しご》いて下さい」

「……わかり、ました……」

フェリクスが言うままに、リディアーヌは男根を扱く。そこがますます堅くなり、脈打った。フェリクスが、嬉しそうに呟く。

「……ああ……まさか貴女に、こんなことをしていただけるとは……。夢にまで見ていたことが、今現実になっているなんて……」

「……夢……？」

いったいどんな夢を見たのだろうか。その中に自分が出ていたことを知って、リディアーヌは夢の内容を知りたくなる。

もの問いたげに見上げると、フェリクスは艶めいた笑みを浮かべるだけだ。

「私が貴女のどんな夢を見たのかは、またの機会に……リディアーヌ、先端を、指でぐりぐりしてみてください」

言われたままにひときわ大きく膨らんだ先端を、リディアーヌは親指で捏ね回す。フェリクスの腰が震えた。

「う……」

フェリクスの男根が、ますます大きくなる。なんだか破裂しそうだ。そして不思議なことにフェリクスの男根をいじっているうちに、リディアーヌの蜜壺に新たな蜜が滲み出してくる。

(どうして……？　私はいじられて、いないのに……)

何だか蜜が滴《したた》り落ちてきそうな気がして、リディアーヌは慌てて脚を閉じ、太腿《ふともも》を擦り合わせた。フェリクスが、熱い声で呟いた。

「……困りました……」

「フェリクス、さま……？」

「このまま一度、出したくなりました……」

何を出すのかと問いかけようとした唇を、フェリクスの唇で塞がれる。そしてフェリクスの手がリディアーヌの両手に重ねられ、さらに激しく扱くよう、促《うなが》された。

「……ん……んぁ……っ」

「舌を出してください、リディアーヌ。ほら……こうして……」

舌先を互いにちろちろと舐め合うようなくちづけを交わす。泡にまみれた男根は、リディィアーヌの手の動きに合わせてぬちゅぬちゅと粘着質な水音を生み始めた。

「……ん……んぅ、う……フェリクス、さまぁ……」

「……可愛い……可愛いですよ、リディアーヌ。たまらない……ああ、イキそうです……」

「……イッてください、フェリクスさま……フェリクスさまも、気持ちよくなって……！」

自分がしてくれたお礼が少しでもできればいい。イクというのが何かもよくわかっていないまま、リディアーヌは浮かされたように続ける。

フェリクスの手の動きがますます速くなり、リディアーヌの扱きもそれに合わせて速まった。ぬちゅぬちゅと粘着質な水音がさらに強く上がって——直後、フェリクスが背筋を強張らせた。

「……っ！」

リディアーヌの手の中で、何かが弾け出す。反射的に見下ろしたリディアーヌの顎先や頬に、白濁した雫が飛んできた。

何が起こったのかさっぱりわからないため、リディアーヌは呆然《ぼうぜん》と立ち尽くしてしまう。それはフェリクスの男根の先端から勢いよく飛び出たもので、どろりとした青臭さを持っていた。

(何……？)

「……ああ……すみません……」

フェリクスがひどく申し訳なさそうに手を伸ばして、リディアーヌの顎や頬を掌で拭《ぬぐ》い取る。少し息を弾ませたフェリクスの端整な顔はほんのりと紅潮していて、リディアーヌはなぜだかそこにたまらない男の色気を感じて胸がドキドキした。

フェリクスがシャワーを取り、湯を出して目に入らないように顔を洗い流してくれた。自分とリディアーヌにもシャワーで湯をかけ、泡を洗い流す。

湯の温かさが指の強張りを解《ほど》いてくれて、リディアーヌは柔らかく萎《な》えた男根から手を離した。

(あんなに、堅くて熱かったのに……)

今は、そんな様子も見られない。リディアーヌがじっと雄を見ていることに気づいて、フェリクスが苦笑を深めた。

「気に入りましたか？　ならば今夜、貴女の中に受け入れていただいて、たっぷり奥まで今のものを注ぎ込みましょうか？」

「……っ!!」

はっと我に返り、リディアーヌは慌ててバスタブから出ようとする。だが足元がふらつき、バスタブの縁に膝をぶつけて倒れ込みそうになった。

フェリクスの腕が、リディアーヌを支えてくれる。そして軽々と横抱きに抱き上げた。

「フェ、フェリクスさま……！　あの、あの……っ」

「恥ずかしがることは何もありません。これは夫婦がすることの一つですから。私のために頑張って下さって、ありがとうございます」

ちゅっ、と額にくちづけられて、リディアーヌは身体の力を抜く。上手くできたのかどうかはまったくわからないが、少なくともフェリクスの妻としての役目は果たせたらしい。

フェリクスは衝立の奥に置いてあったバスタオルを広げると、ひとまず自分の腰に一枚を巻きつけてから、リディアーヌの身体を拭《ふ》いてくれた。ガウンを着せてくれると、どっと疲れがやって来る。

「大丈夫ですか、リディアーヌ」

崩れ落ちそうになるリディアーヌをフェリクスが支えてから、ゆっくりとその場に座らせてくれた。

「少し待っていて下さい、すぐにベッドに運びます」

「い、いいえ……あの、大丈夫です。一人で歩け……」

そうは言ったものの、膝に力が入らない。フェリクスは手早く自分の身体を拭いてガウンを纏《まと》うと、再びリディアーヌを抱き上げた。

大切な宝物のように抱き上げられて、リディアーヌは恥ずかしさと同時にとても嬉しくなる。フェリクスはそのまままっすぐにリディアーヌの部屋に戻ると、ベッドにそっとおろしてくれた。

「ありがとうございました、リディアーヌ。心も身体も、癒されました」

「よかったです……あの……お仕事、あまり無理なさらないでくださいね……？」

「先程も言いました。あと二日ほどで終わります」

「なら……いいんですけど……」

フェリクスの手が、リディアーヌの髪を撫でる。優しくいたわりに満ちた仕草は、リディアーヌを緩やかに眠りに導いていく。

「今宵《こよい》はもうお休み下さい」

フェリクスが身を屈めて、唇に柔らかなくちづけを与えてくれた。それが就寝の挨拶だとわかって、リディアーヌの意識が落ちていく。

「おやすみなさい、リディアーヌ」

同じ挨拶を返したいのに、身体は気怠《けだる》くて唇が動かなかった。フェリクスは何もかもわかっているかのように微笑みかけたあと、隣の部屋へと向かっていく。

その背中をぼんやりと見送りながら、リディアーヌは胸に一抹《いちまつ》の寂しいような気持ちを覚えた。

（もっと一緒に……いたい……）

翌日は夕食の時間には間に合わなかったが、昨日より早い時間にフェリクスは帰宅した。早く帰ってきてくれたことに、リディアーヌは少しはしゃいでしまう。

濃厚なおかえりなさいのくちづけをしたあと、リディアーヌは召使いに命じて胃に負担をかけない軽い食事を用意させた。自分は食事をもう済ませてしまっているため、リディアーヌはフェリクスの真向かいで茶を飲みながら付き合っている。

フェリクスから館にいる間のことを聞かれたが、特に話せるようなことはない。何しろここでは、リディアーヌがするべきことはほとんどないのだ。

（……私、フェリクスさまの妻として何もできないままなんじゃ……）

ふと、そんな恐怖にも似た感覚がやって来る。リディアーヌはそれから逃れるために、先日のカバネル公爵夫人との会話を思い出して言った。

「あの、フェリクスさま。先日、公爵夫人に教えていただいたんですけど……貴族の妻として、できることがいろいろあると……」

「例えばどんなことを？」

ちょうど食事を終えたフェリクスが、ナイフとフォークを置きながら問いかけてくる。手応えがあるように思え、リディアーヌは勢い込んで教えてもらったことを伝えた。

「フェリクスさまの妻になる身として、まずはカバネル家のしきたりや交流関係、財産のことなどをお勉強しようかと思うんです！」

「その必要はありません」

フェリクスの前に、茶のカップが置かれる。フェリクスはそれに指を絡めて口元に運びながら、しごく当然のように言った。

「貴女はここで、心安らかに過ごして下さればいいのです。そんな仕事まがいなことは、貴女の心を煩《わずら》わせてしまうだけですからね」

「……でも……私はフェリクスさまの妻になるんですから……」

「ええ、そうです。貴女は私の妻として、常に私のことだけを考えて下さればそれでいいんです」

何だか少し、違うような気がする。それではフェリクスがいなければ何もできなくなってしまうのではないか。フェリクスに頼りきってばかりの駄目な妻になってしまうのではないか。

だが、フェリクスにその不安にも似た気持ちを、どう言葉で伝えればいいのかわからない。何よりも彼は自分のことを気遣ってくれているのだから、それに抵抗するようなことはあまり口にしたくはなかった。

(でも……)

「わ、私も……フェリクスさまのために、何かできたらと思って……」

フェリクスが、嬉しげに笑う。そして少し考え込むように瞳を細めたあと、何か思いついたらしくリディアーヌに笑いかけた。

「でしたら、今夜は一緒に寝ましょう」

「え……？」

「貴女と一緒にいると、私はとても心休まると言いましたよね？　貴女と一緒に眠ったらとても気持ちよくぐっすり眠れて、疲れも明日に残ることはないでしょう」

なるほど、とリディアーヌは頷《うなず》くが、一緒に眠るのは初めてだ。薄い夜着のままで同じベッドの中で横たわることを想像すると、恥ずかしくて真っ赤になってしまう。

「で、でも……あの……」

「何を恥ずかしがっているのですか？　この前は入浴のときに、お互いの裸を見たではありませんか」

そう言われてしまうと、リディアーヌも何も言えなくなる。あのときのことを思い出すと恥ずかしくて――けれどもフェリクスの愛撫のとんでもない気持ちよさをまた感じたいとも思ってしまう。

（わ、私……何て恥ずかしい娘なのかしら……っ）

そんなことを思っていたためにすぐに答えられずにいると、フェリクスがじっとこちらを見ている視線に気づく。リディアーヌからの返答がないことを、ひどく悲しがっているような表情だ。

（こ、こんな顔をさせてはいけないわ……！）

リディアーヌは恥ずかしさを堪え、小さく頷いた。直後にフェリクスがとても嬉しそうに笑ってくれるから、リディアーヌはそれ以上何も言えなくなってしまった。


湯あみを終えて、リディアーヌは自分のベッドに横たわっていた。どちらのベッドで一緒に眠るのかと問いかけたところ、フェリクスは迷わずリディアーヌのベッドを指定してきた。

「貴女のベッドがいいです。貴女の香りが染み込んでいるでしょう？」

……何だかとても卑猥《ひわい》な物言いをされたような気がするが、深く考えないようにする。そうでないと、恥ずかしくてたまらない。

リディアーヌが纏っている夜着は、肌触りのいい絹で仕立てられたものだ。だが薄い生地のため、光が当たると肌が透けてしまいそうになる。

もう眠るため、灯《あか》りはベッドサイドに置かれた燭台《しよくだい》のものだけだ。それでも恥ずかしくて、リディアーヌはベッドの中に潜り込んでしまう。

やがて、入浴を終えてさっぱりとしたフェリクスがやって来た。彼もまた、身体を締めつけない仕立ての上下が分かれている絹の夜着を身に着けている。ベッドの中に入っているリディアーヌを認めると、優しく問いかけてきた。

「もう眠ってしまったのですか？」

「……い、いいえ……起きてます」

リディアーヌは少し戸惑いながらも、そっとシーツを持ち上げた。

「ど、どうぞ」

フェリクスは嬉しげに笑って、すぐに隣に滑り込んできた。ベッドは広く、二人で横たわっても充分すぎるほどだ。

「リディアーヌ」

「え……あ……っ」

フェリクスはリディアーヌの身体をすぐに抱き寄せて、全身をさわさわとまさぐるように撫でてくる。恥ずかしくてたまらないのだが、フェリクスの掌は大きく温かくて、気持ちがいい。

フェリクスの掌の愛撫にうっとりとしてしまいながら、リディアーヌは目を閉じる。このままぴったりとくっついていたら、彼の言う通り、本当に気持ちよく眠れそうだ。

フェリクスはリディアーヌの方にさらに身を寄せ、顔中に柔らかな啄《ついば》むくちづけを与えてきた。

（気持ちいい……）

親鳥に包まれる雛《ひな》鳥の気持ちは、こんな感じだろうか。心が安らいで落ち着いてくる。

フェリクスがうっとりとした声で呟いた。

「リディアーヌ、貴女に触れていると私の心はこんなに安らぎます。……もっと、触れたい」

「……あ……っ」

夜着をもどかしげに剝《は》ぎ取られ、シーツの中であっという間に全裸にされてしまう。フェリクスも夜着を脱ぎ捨て、素肌を重ねてきた。

恥ずかしいのに、気持ちいい。フェリクスのぬくもりが、リディアーヌの気持ちを安らかにしてくれる。

(ああ……フェリクスさまが、とても近くに感じられる……)

「貴女を、とても近くに感じられます」

フェリクスも同じことを思っていることを知って、ますます嬉しくなる。同時に、フェリクスへの想いももっと強まった。

(私……フェリクスさまのことが、好き……)

「リディアーヌ」

呼びかけられると、唇にくちづけられる。互いに舌を絡め合う濃厚な深いくちづけを交わしていると、全身を撫で回していたフェリクスの両手が、胸の膨らみを持ち上げるように揉みほぐしてきた。

「……ん……んん……っ」

指先がいたずらに動き、頂を堅く尖《とが》らせる。指でいじられる心地よさに思わず身構えたとき、フェリクスが唇を離した。

「リディアーヌ……また、貴女に触れてもいいですか？　私を癒すために……いいですよね？」

リディアーヌは恥じらいながらも、小さく頷く。フェリクスはシーツの中に潜り込みながら、リディアーヌの胸の片方の頂を舐《な》めた。

「……あ……っ！」

熱くぬめった舌先で上下左右になぶられる。先日の入浴中にされた指での愛撫とはまた違う気持ちよさがやって来て、リディアーヌは身体をのけぞらせた。

「リディアーヌ、貴女の身体中を舐めさせて下さい」

「え……っ!?　そ、そんなこと……」

「夫は妻を可愛がるとき、そうするのです」

そういうものなのだろうか!?　何だかおかしいような気がしないでもなかったが、夫婦の蜜事についてはフェリクスの方がよく知っているようだ。それに、フェリクスの舌が肌に触れるのは、思った以上に気持ちがいい。

（私……はしたない、わ……っ）

「……リディアーヌ、気持ちがいいならいいと言って下さった方が、助かります。貴女が気持ちいいと、私も気持ちいいいんです」

「……あ……っ」

舌がちろちろと胸の粒を交互に舐めくすぐってくる。かと思えば大きく口を開けて飲み込み、強く吸われた。

びくんっ！　と大きく震えると、フェリクスの身体がのしかかってくる。

「……あ……あ……フェリクス、さま……」

本当にリディアーヌの全身を、フェリクスは舐め尽くすような勢いだ。

リディアーヌが感じる場所には強く吸いついて、痕《あと》を残していく。だがリディアーヌは次々と与えられる愛撫と快感に酔わされて、そんなことには気づけていない。

「……さあ、リディアーヌ。このお臍《へそ》の窪《くぼ》み……ここをこう舐めると……どうです？　気持ちいいですか？」

舌先を尖らせて、フェリクスは臍の窪みを押し回すように舐めてくる。リディアーヌは身を震わせた。

「……あっ、あ……っ」

「気持ちいいようですね。では、次はこうしましょう」

フェリクスの身体が下がり、その手がリディアーヌの片足を取る。足の裏に掌のぬくもりを感じたが、何をされるのかわからないためにそちらに目を向けるだけだ。

「フェリクスさま、何を……？」

「貴女の足……小さくて可愛いですね」

「……え……あ！」

フェリクスの舌が、足裏をねっとりと舐めてきた。リディアーヌが仰天しても構わず、フェリクスは足の指を口に含んで舌を絡ませる。

「……あ……そんなところ……いけません……！」

汚いから、と続けても、フェリクスは口淫《こういん》を止めない。指の股にも舌を這《は》わせてくる。

「貴女の足を舐めることだってできますと、お教えしたでしょう？」

確かにそう言われた。だが実際にされると、何やらひどくいけないことをさせているような気になってしまう。

「でも……でも……っ、あ……あぁ……っ」

指をたっぷりと舌で愛撫したあとは、リディアーヌの脚の内側をゆっくりと這い上がってくる。

フェリクスの両手が、リディアーヌの膝裏を掴んだ。ぐっと押し広げられて、リディアーヌはさらに仰天する。

「フェリクスさま……っ!?」

今度は何をするのかと問いかけるよりも早く、フェリクスの頭が脚の間に沈んでいる。内《うち》腿《もも》をフェリクスの髪がくすぐり、それすらも快感につながっていくのが信じられない。

「言ったでしょう？　貴女の身体中を舐めさせて下さいと……ここを、私の舌で舐めて味わせていただきます」

「え……そ、んな……いや……っ」

フェリクスはリディアーヌの膝を自分の肩に乗せると、内腿に掌を押し当てた。ぐっと力を入れて閉じられないようにしてから、たっぷりと唾液を乗せた舌で割れ目を舐めてくる。

「……あっ、ああっ！　や、んぅっ」

肉厚で少しざらつきを感じる舌が、割れ目を押し分けて花弁《かべん》を丁寧に舐めてくる。同時に指の一本がリディアーヌの花芽を捕らえて、くりくりと押し揉んできた。

「ふぁ……っ！　ああ……っ!!　な、に……っ」

これまで感じたことのない気持ちよさに、リディアーヌはシーツを握りしめてのけぞる。恥丘をフェリクスの口に押しつけるような格好になっていることには気づけず、リディアーヌは開いた唇から甘い喘《あえ》ぎをこぼし続けた。

「……ふふ……腰が、私に押しつけられてきています。可愛いですよ」

フェリクスが、嬉しげに小さく笑う。その呼気も花弁に触れると感じてしまって、たまらない。

「とても気持ちよさそうで嬉しいです。リディアーヌ、ここに私のものを入れる前に、今は指を入れてみましょうか」

「……え……っ？　んぁ！」

花芽をいじっていた指が、つぷ……っ、と花弁を割って浅く押し込まれた。初めて感じる異物感に、リディアーヌは大きく目を瞠った。

「ああ……っ、そんなところ……指を入れるとこじゃ……っ」

「慣らすためには必要なことだそうですよ。さあ、もう少し入れてみましょう」

フェリクスの指が、言葉通りさらにまた奥に入り込んでくる。自分の中に人の指が入るなんて、という戸惑いも、花芽を尖った舌先で舐めしゃぶられると吹き飛んでしまう。

「ん……あ……や、やぁ……っ」

フェリクスはリディアーヌの反応を確認しながら、指をさらに沈めてきた。

「……ん……ああ……私の指が一本、根本までちゃんと入りました。貴女の中は、熱く濡れていて……とても気持ちよさそうです……」

「んぁっ！　あぁ……っ」

「ここに私のものを受け入れていただけたら……すぐにでも昇天してしまいそうですね」

フェリクスの指が、肉壁を探るようにあちこち擦ってくる。

そんなことをされているのに、とても気持ちいい。リディアーヌは快楽の涙を散らしながら、身を捩《よじ》った。

「……フェリクス、さま……駄目っ。あ……んぁ……っ」

「駄目ではありません。これは私と貴女が結ばれるために必要なことなのです。やめませんよ」

「……そ、んな……ああっ！」

フェリクスの指が鉤《かぎ》状に曲がり、蜜壷《みつつぼ》の中を出入りする。フェリクスの指は二本になり、動くたびにくちゅくちゅと濡れた淫《みだ》らな音が上がった。

「……濡れた音が、こんなに……聞こえますか、リディアーヌ？　そんなに私の指が気持ちいいのですか」

「……や、やあ……っ。フェリクスさま、駄目っ。それ以上、しないでっ」

自分がひどくいやらしい身体になってしまう。フェリクスはそんな自分をどう思うだろうか。嫌われたくない。

リディアーヌの涙目から、言いたいことを感じ取ってくれたのだろう。フェリクスはふ……っ、と低く笑う。

その吐息も蜜壷の入口ではひどく熱く感じられてしまって、リディアーヌはまた新たに喘いでしまった。

「大丈夫です。私が貴女を嫌いになることはありません。むしろ貴女のいろいろな顔を知ることができて、嬉しいのですよ。さあ、もっと淫らに感じた顔を見せて下さい」

「あ……あぁ！　あぁっ！」

「そう……もっと……！　もっとですよ……！」

「あぁっ、あぁんっ!!」

フェリクスの指が、さらに激しくなる。どこからこれほどまでに、と不思議に思うほど、蜜が溢《あふ》れてきた。

フェリクスの指は蜜で濡れているためか、ますます滑《なめ》らかに動いた。同時に花芽は舌で舐めしゃぶられる。

フェリクスの指が恥丘の裏側を強く擦ると、腰が跳ねるほどに気持ちいい。リディアーヌは新たな絶頂がやって来ることを予感して、喘ぎを押し殺そうとした。

だが、フェリクスの尖らせた舌先が強く花芽を押し回してきて、できない。リディアーヌは与えられる快楽のままに、全身をのけぞらせてしまう。

「……は、あ、あぁぁっ!!」

腰を跳ね上げるようにしながら、リディアーヌは絶頂を迎えた。頭の中が真っ白になり、何とも言えない虚脱感《きよだつかん》が全身を包み込む。

はあはあと荒い呼吸を繰り返していると、溢れた蜜を舐め取っていたフェリクスが、顔を上げてきた。

「リディアーヌ……」

甘い呼びかけに、身体がぞくりとする。

フェリクスの唇が柔らかく啄むようなくちづけを与えてきた。リディアーヌはそれを、うっとりと目を閉じて受け止める。

「……ん、んっ、ん」

「リディアーヌ……好きです。愛しています」

くちづけの合間に想いを告げられて、胸がときめいてしまう。身の内側から、伝えたい想いが溢れてくる。

リディアーヌはそれに従って、フェリクスに笑いかけた。

「フェリクスさま、私も……私もフェリクスさまのことが、とても好きです……」

「……リディアーヌ……!!」

フェリクスはとても嬉しそうに笑って、リディアーヌの膝を再び摑んでくる。何、と思って戸惑って動きを止めると、フェリクスはその膝を胸元に押しつけてきた。

乳房に膝が沈みそうなほど押し込まれ、自然と腰が浮く。蜜壺の入口がフェリクスの目に丸見えになってしまい、あまりの恥ずかしさに、気が遠くなりそうだ。

フェリクスは目の前にさらされた蜜壺の入口を、うっとりと見下ろした。

「……フェ、フェリクスさま……見、ないで……」

「とても素敵です。貴女のここが蜜で濡れ光って、私を誘っていますね。とても綺麗な薄桃《うすもも》色で……」

そんなつもりはまったくない。リディアーヌは首を振った。

だがフェリクスは蜜の香りに誘われたかのように、蜜壺に顔を近づけてきた。リディアーヌはフェリクスのしようとしていることに気づき、慌てて腰を引こうとする。だが、腰に当たるのはベッドのマットレスだけだ。

フェリクスが蜜壺に吸いつき、舌をねじ込んできた。

「……んぁ……あっ!!」

肉厚の舌が、ぬちゅぬちゅと花弁の間を出入りする。指とも違う愛撫に新たな快楽を感じてしまい、リディアーヌは淡く涙を散らした。

「……あ……んぁ……あぁ……っ」

フェリクスは飢えた獣のように、リディアーヌの蜜壺に舌を抽挿《ちゆうそう》させる。蜜とフェリクスの唾液が絡み合い、そこがぐしょぐしょに濡れていくのがわかった。

「……ああ……そんな……いやぁ……」

恥ずかしくてたまらないのに、身体は高まっていく。リディアーヌは手に触れたシーツを、きつく握りしめた。

フェリクスの鼻先が時折花芽に当たり、揺さぶってくる。それもまた気持ちよくて、たまらない。フェリクスはリディアーヌが一度達するまで、蜜壺を口淫し続けた。

「あ……も、もう……また……あぁぁっ!!」

ビクビクと腰を震わせながら、リディアーヌは達する。絶頂の証《あかし》の蜜を、フェリクスは丁寧に余すことなく舐め取った。

荒い呼吸を繰り返しながら、リディアーヌはぐったりとシーツに沈み込む。フェリクスは大きく息をつくと、濡れた唇を舐めながら己の下腹部に手を伸ばした。

リディアーヌを求めて猛った雄を手に取り、濡れた入口にぴたりと押し当ててくる。

「リディアーヌ……貴女を、私のものにしたい……」

熱く求められることが、嬉しい。どこか切迫したような声音だから、余計だ。リディアーヌはすぐにでも頷こうとして――ハッとする。

確かにフェリクスとは結婚を約束した仲だ。だがまだ結婚式を迎えてはいない。神さまに許されてはいない。

「フェリクスさま……で、でもまだ私たち、神さまに……」

「たとえ許されなくても、私は貴女を妻にするつもりですが」

にっこりと笑いながら、フェリクスは断言する。とても深く想われていることに喜びながらも、リディアーヌは正直、男根を受け入れられるのかが不安だった。

(だって、あんなに大きいのに……)

手で洗ったからこそわかる、雄々しさだった。そして今、押しつけられている質量からも大きいとわかる。

リディアーヌはおののきに息を呑んだが、すぐに覚悟を決めて目を固く閉じる。

(つらいのははじめだけだって聞いたわ。今夜だけ頑張れば……‼)

「リディアーヌ……」

フェリクスが労《いたわ》るように名を呼んでくる。ついに来た、とシーツをきつく握りしめると、フェリクスが残念そうに笑った。

「そんな顔をされたら、躊躇《ためら》います。では、予行練習としましょう」

「予行、練習……？　あ……」

「今宵は貴女の中には入りません。この……蜜口と貴女のむっちりしたこの太腿《ふともも》で、我慢します」

「……あ、ああっ」

ぬるーっ、と、膨らんだ亀頭が割れ目をなぞり上げる。リディアーヌの唇から新たな甘い喘ぎがこぼれてしまうと、フェリクスは嬉しそうに笑いながら、亀頭でくにくにと花芽を押し揉んできた。

「……ひあっ、ああ！」

フェリクスの男根で、入口を上下に擦られる。指とも舌とも違う熱い感触に、リディアーヌは惑乱するしかない。

　リディアーヌの蜜を纏った肉棒は、だんだんと激しく行き来する。

「……は、あ……リディアーヌ……っ」

「ん、んあっ、あ……ああっ！」

　フェリクスの両手が、リディアーヌの膝を摑んでぴったりと合わせた。そして肉棒が、リディアーヌの合わさった太腿の間に押し入った。

　膝を閉じたままで身体を二つ折りにされた体勢のままだ。フェリクスがのしかかる重みに、息苦しさを覚える。

「ん……んう……っ」

　リディアーヌの蜜をたっぷりと纏った肉棒が、白い太腿を蜜壺に見立てて出入りする。あまりにも予想外の愛撫に、リディアーヌもどうしたらいいのかわからない。

　だが、何だかひどく下肢《かし》が寂しく感じられてしまう。これではフェリクスの熱く雄々しい肉棒を身体の中に受け入れたら、どうなってしまうのか。

「……は、あっ、ああ……っ！　フェリクスさま……っ！」

　フェリクスの身体をもっと近くに感じたくて、リディアーヌは両手を彼の広い背中に伸ばしている。フェリクスが、抱きつきやすくなるよう身体を密着させてきた。リディアーヌはフェリクスにしがみつく。

「……リディアーヌ……また、私を受け止めてください」

フェリクスの肉棒が、深く突き入れられた。太腿を突き抜けて、下腹部に亀頭が押しつけられる。

熱い、と感じた直後、フェリクスが低く呻《うめ》いて達した。弾かれるように吐き出された白濁した欲望は、リディアーヌの下腹部を汚しながら広がる。

「……あ……はあ、は……っ」

「リディアーヌ……」

愛おしげに名を呼ばれ、くちづけられる。言葉にしなくてもひしひしと伝わってくるフェリクスの想いに、リディアーヌは深く息をついた。

(よく、触れ合えばわかる、とか言うけど、本当だわ)

恋人同士が想いを伝える一つの手段とするのも、このせいだろう。

「愛しています、リディアーヌ」

私も、と答えようとしたのだが、唇が上手く動かない。リディアーヌには初めてづくしの夫婦の蜜事は、思った以上の疲労感を与えていたようだ。急激に眠くなってくる。

フェリクスはそれにも気づいているらしく、リディアーヌの頬を優しく撫でさする。

「後片づけは、私に任せて下さい。おやすみなさい、リディアーヌ」

結局まともに就寝の挨拶ができないまま、リディアーヌは眠りの中に落ちていった。

性に未熟なリディアーヌには、これらのことは衝撃の連続だったろう。それでも彼女なりに一生懸命に応えようとするところが、とても愛おしかった。

本音を言えば、まったく足りない。リディアーヌの中に入れたとしても、全然足りないだろう。フェリクスはリディアーヌに手を伸ばし、快楽の涙でしっとりと濡れた頬を優しく撫でた。

(私の、初めて好きになった人)

騎士団長として、清廉潔白だとか高潔だとか、周囲は自分のことを評価してくれる。女性との浮ついた噂一つないことも、評価を高めている要因の一つだろう。女性に対して特別な興味がなかったのだから、浮ついた噂が上がるわけもない。

だがあの誘拐事件のときのリディアーヌの姿を見て、それまで単に友人の妹――あるいは自分が仕える国の王女としか思っていなかった気持ちが、一変した。

彼女の優しさと周囲への気遣い。暴漢に対しての恐怖を飲み込んで、自分の周囲に笑いかけ、励まそうとする健気さ。好きだと気づいた瞬間にはもう、転がり落ちるようにリディアーヌに心が傾《かたむ》いていた。

寝ても覚めてもリディアーヌの姿が胸をよぎる。気遣いの贈り物をするのも、それをきっかけにリディアーヌと堂々と会うことができる作戦の一つだった。

リディアーヌと言葉を交わし、笑みを交わしているだけでは物足りなくなるのに時間はかからなかった。王女として誰か別の男のものになってしまう前に自分の妻にするために、彼女には決して気づかれぬように画策した。自分でも、笑ってしまうほどに必死だったと思う。

初めての恋は、持て余してしまうほどにフェリクスの胸を焼いた。夢の中で何度も彼女にくちづけて抱いて、しかし現実ではまだそれができる関係ではないことに苛《いら》つきを覚えるほどに。リディアーヌが自分を不埒《ふらち》なことはしないと信じてくれているから、何とか欲望を抑えていただけだ。

だがその甲斐《かい》あって、今リディアーヌは自分の傍にいてくれる。国王からも結婚の許可をもらえた。婚儀までの準備期間はあるものの、もう彼女は自分のものだ。

リディアーヌは自分の妻としてせいいっぱい応えようとしてくれている。その健気な頑張りも、フェリクスの想いをさらに深くした。

可愛くて、愛しい人。傍にいてくれてもうすぐ自分の妻になってくれるというのに、まだ足りないと思ってしまう。……自分の頭はおかしくなってしまったのだろうか。

(本当に……貴女だけですよ、私をこんなふうにしてしまうのは……)

フェリクスはシーツに広がる美しいストロベリーブロンドの髪のひと房にくちづけたあと、召使いを呼んだ。

とてもゆっくりたっぷり眠ったような気がする。わずかな空腹感を覚えて目覚めたリディアーヌは、まだ少しぼんやりした瞳でサイドテーブルに置いてある時計を見て、仰天した。もうすぐ昼食の時間だった。

いくらなんでも寝坊しすぎだろうと、リディアーヌは慌てて起き上がる。身体は清められていてさっぱりとしており、夜着も新しいものに替えられていた。

シーツも、体液で濡れた感触はない。あのあと、取り替えられたのだろう。リディアーヌはまったく気づかなかったのだから——すべて、フェリクスが手配してくれたのか。

(わ、私、フェリクスさまにそんなことまでさせてしまって……恥ずかしい……！)

必然的に昨夜の蜜事を思い出してしまい、リディアーヌは耳まで真っ赤になってしまう。最後までしなかったことになるのだが、とても気持ちよくて幸せを感じられた。何よりもフェリクスが自分を思ってくれる気持ちが、伝わってきた。

(私の気持ちも……伝わっているといいわ……)

レナルドが与えてきた忠告も思い出されたが、気にすることはなさそうだ。リディアーヌはほっと安堵《あんど》の息をつく。

ずいぶんな寝坊になるが、このままベッドにいるわけにもいかない。まずは着替えようと召使いを呼ぼうとして、枕元に置かれているメッセージカードに気づく。

手に取るとそれは、フェリクスからだった。

『昨夜は私の身体を労《いたわ》っていただき、ありがとうございました。おかげで今日の仕事はいつも以上に頑張れそうです。仕事は今日で一段落の目処がつきます。今夜は一緒に眠りましょう』

青インクで丁寧な筆跡で記されているのに、内容は何だかひどく淫らなような気がする。それともそう思うのは、自分だけだろうか。

(で、でも……今夜から、ずっとフェリクスさまと一緒にいられる……)

嬉しくて、リディアーヌは緩んでしまう頬を引きしめるのに、結構苦労することとなった。

【3】


激務を終えたばかりだというのに、フェリクスはその夜帰宅すると、食事はおざなり程度で済ませ、リディアーヌをベッドの中で可愛《かわい》がってくれた。

リディアーヌがフェリクスの雄を受け入れやすくなるようにと、本人もまだよくわかっていない感じる場所を探す愛撫《あいぶ》は、とても甘く蕩《とろ》けてしまうものだった。だが、リディアーヌとしてはフェリクスの身体が心配になってしまう。

これから休みに入るのだから、もっと身体を休めて欲しいのに。

だからリディアーヌは朝食の席で、フェリクスに言う。

「あの、フェリクスさま？　どうかちゃんとお休みになって下さい。あと、食事もちゃんととって」

朝食という時間には、遅い。朝と昼が兼用になる時間帯のため、テーブルには結構な量の料理が用意されている。

様々な具材を挟《はさ》んだサンドイッチにサラダ、果物、香ばしく焼いたハムとソーセージ、プチケーキやババロアなどのデザートまで用意されているテーブルだ。それを庭の風が気持ちよく感じられる一角に用意して、休日の第一日目を過ごしている。

テーブルは小さめの円形にしてあるため、自然と隣り合って座り、その位置も貴族の食事の席としては、かなり近いものだった。

「ゆっくり休みましたよ、貴女《あなた》のおかげで。とても気持ちよく眠れました。私にあるまじきことに、こんなにのんびり寝坊してしまいましたし」

ベッドの中の蜜事について言っていることは明らかだ。リディアーヌは真っ赤になり、その場を誤魔化《ごまか》すように紅茶を口にした。

「で、でも、昨日の夕食はほとんど口にされませんでしたし……」

「そういえばそうでしたね。貴女を早く可愛がりたくて、食事なんてどうでもよかったんです」

ひどく情熱的な言葉に、リディアーヌは恥ずかしさで肩を縮めてしまう。二人きりならまだしも、世話係の召使いがいるのに。

召使いたちはこちらをまったく気にしないようにしてくれている。それも彼女たちの仕事の一つだ。だが、恥ずかしいことに変わりはない。

フェリクスはそんなリディアーヌの気持ちに気づいているのか、小さく笑った。

「でしたらリディアーヌ、私にそのサンドイッチを食べさせていただけませんか?」

「え……!?」

「貴女が食べさせてくれるものならば、絶対に残しません。私がちゃんと食事をしているかも、貴女ご自身の目で確かめられるでしょう?」

なるほど、確かにそれは名案かもしれない。リディアーヌは早速サンドイッチの一つを手に取って、フェリクスの口元に運んだ。

フェリクスは従順に口を開いて、サンドイッチにかぶりつく。フェリクスの一口は予想よりも大きく、唇がリディアーヌの指に触れるほどだ。ドキンとして反射的に手を離そうとすると、その手首をフェリクスに摑まれてしまう。

残ったサンドイッチも、フェリクスは美味《おい》しそうに口にした。それだけにとどまらず、指についてしまったソースもぺろりと舐《な》め取ってくる。

温かい舌がねっとりと指に絡みつくように動いて、リディアーヌは硬直してしまった。……昨夜の愛撫を思い出させるような舐め方だったからだ。

綺麗《きれい》に舐め取ったあと、フェリクスはその指先にちゅっ、と軽くくちづけてから手を離してくれる。リディアーヌは真っ赤になったまま、口をぱくぱくさせるだけだ。

(こ、こんな食べ方……!)

「いつもよりも美味しいです。リディアーヌもどうですか?」

自分で食べると言えばよかったのだが、反応ができなかった。沈黙を肯定と思ったフェリ

クスは、サンドイッチを手に取って――何やらもう一方の腕も伸ばしてくる。

あっという間にフェリクスの膝《ひざ》の上に、横抱きに座らされてしまった。

「……な、ななな……っ」

「貴女はとても軽いですね……貴女の方こそ、きちんと食べていますか？」

「こ、こんな格好で食事なんて行儀が悪……んくっ」

リディアーヌの口に、サンドイッチが押しつけられる。仕方なく口を小さく開いて食べると、フェリクスがとても楽しそうに笑った。

その笑顔が無邪気な子供のようで、ドキドキしてしまう。

「次は私の番ですよ」

あーん、と口を開かれてしまえば、リディアーヌも新たなサンドイッチを与えるしかない。

召使いたちはすでにもう新婚生活のような甘いやり取りを、相変わらずなるべく見ないようにしてくれている。せめて膝の上に抱き上げられるのは止めた方がいいと思って身を捩《よじ》るのだが、さすが騎士の力か、フェリクスの腕は緩《ゆる》む気配もなかった。

結局互いに食べさせ合いで遅い朝食を終える。召使いたちが何も言わずにむしろいつもと変わらない態度を崩さないからこそ、リディアーヌの恥ずかしさは高まった。

だがフェリクスは、本当にまったく気にしていない。午後はリディアーヌと居間でくつろいでいる。リディアーヌが身体を労るように言ったため、日当たりのよい窓辺にごろりと横たわっていた。

身体の下には毛足の長い柔《やわ》らかなラグが敷《し》かれて、リディアーヌの膝を枕にしている。ベッドに入った方が身体にはいいと思うのだが、フェリクスはこれが至福のひとときだと主張した。

膝を貸すくらいはどうということもない。それどころか、フェリクスといちゃいちゃできるのは嬉しい。……だが、時と場合を考えなければいけないように思えた。

「あの……フェリクスさま？」

リディアーヌの指は、フェリクスの髪を撫《な》でている。膝枕をしたときに何となくそうしたくなってしたのだが、フェリクスはそれをずいぶん気に入ってくれているから、続けていた。

フェリクスは気持ちよさそうに目を閉じたままで応える。

「どうかしましたか？」

「あの……お夕食は、ちゃんと食べましょうね？」

フェリクスの瞳が、開く。深みのあるターコイズブルーの瞳が、まっすぐにリディアーヌを見返していた。

何だか強く見据《みす》えられていて、恐怖にも似た気持ちを覚えてしまうほどだ。

「……なぜですか？　私とああいうことをするのは嫌だと？」

「そ、そんな、嫌だなんてことはありません！　た、ただ、たとえ召使いたちしかいなくても……は、恥ずかしい、ですから……」

「そんなことを気にされていたのですか？」

フェリクスが何やらひどく驚いた顔をする。そんなこと、と言われる程度のことなのだろうかと、リディアーヌが自分の発言を反芻《はんすう》してしまうほどだ。

フェリクスがゆっくりと起き上がり、座り直した。

「そ、そんなことなんですか……!?」

「そんなこと、です」

驚いて問いかけると、フェリクスは当たり前だと笑う。

「はい。夫婦仲がいいことを使用人たちに知らしめることは、身分ある者同士の婚姻では、当然のことです。私とリディアーヌが仲良くしていなかったら、この結婚は互いのためにならないとして、破棄《はき》させられてしまいます」

確かにフェリクスの言う通りだ。政略結婚でないのならば、続ける理由はなくなる。

まだ正式に結婚していないならばなおのこと、不仲説が出たら引き離されてしまうだろう。

一気に不安になって頬を青ざめさせてしまったリディアーヌに、フェリクスはにっこりと笑いかけた。

「ですから私たちがとても仲のいいところは、ことあるごとに見せつけなければいけないのです」

フェリクスとの婚儀の約束がなくなってしまうことは嫌だ。もしも叶うならばフェリクスの妻になりたいと思っていた夢が、もうすぐ現実のものになろうとしているのに。

リディアーヌは真っ赤になりながら、小さく頷《うなず》いた。

「わ、わかりました。確かにフェリクスさまの言う通りです。は、恥ずかしいですけど……頑張ります」

「本当に……リディアーヌは可愛すぎます」

「そ、そんな……」

誉《ほ》めてもらえて嬉しくて、リディアーヌは俯《うつむ》きそうになる。だがそれよりも早く、フェリクスの顔が近づいた。

端整な顔がとても近い、と思った直後、フェリクスにくちづけられている。あまりにも突然で前後の脈絡がないそれに驚いていると、フェリクスがリディアーヌの身体を優しく押し倒した。

背中は柔らかなラグに受け止められて、痛みはほとんどない。フェリクスが当然のようにリディアーヌに身を乗り出してきて、深く舌を絡め合うくちづけを与えてくる。その気持ちよさにうっとりと目を閉じてしまいそうになったリディアーヌは、ハッと我に返って慌《あわ》てた。

「フェ、フェリクスさま!? な、何をなさるつもりで……」

「はい。貴女を可愛がりたくなりました」

にっこりと笑いながらも、フェリクスの両手はリディアーヌの身体を官能的に撫で始めている。何をするつもりなのかそれでわかったリディアーヌは、慌ててフェリクスの胸を押した。

「い、いけません……!! ま、まだ、昼間です。こんな明るいうちから……は、はしたない、です……っ」

「なるほど。その言い方ですと、陽が落ちたならばいくらでも構わないということですね」

完全な揚げ足を取る言葉に、リディアーヌは動揺のためにすぐ反論ができない。あわあわしている間に、フェリクスの手はドレス越しに胸を揉《も》み始めてくる。

「……コルセットが邪魔です。どうしてこんなものを貴女は着けているんですか。どこかに出かけるわけでもないのに」

ひどく不満そうにフェリクスは呟《つぶや》いた。だがそれは、下着の一つとして女性が身に着ける当然のものだ。そんなことで責められても、どう反応していいのかわからない。

「出かけないときは着けなくてもいいでしょう。是非、そうして下さい」

「……え……あ、あの……」

リディアーヌが戸惑《とまど》っているのをいいことに、フェリクスの手はリディアーヌのドレスを脱がせようとしてくる。首元からウェストの辺りまでに並んだボタンを外すフェリクスを、リディアーヌはさらに慌てて止めようとした。

「だ、駄目です……！　フェリクスさま、駄目……!!」

「――リディアーヌさま？　どうかされましたか？」

ふいに召使いの声が扉のノックとともに届いて、リディアーヌはびくっと震えた。抵抗の声は少し強かったようで、ちょうどここを通りかかった召使いの足を止めさせたのだろう。

「な、何でもないわ……!!」

「そうですか、失礼しました」

召使いは特に何かを思った様子もなく立ち去ってくれる。リディアーヌは思わず安堵《あんど》の息をついた。

「……なるほど、昼間だと使用人たちの行き来も多いですからね……」

「そ、そうです。だから……」

「では、脱がせるのは最低限にします」

問い返す間も与えられず、フェリクスは身体の位置を下げる。スカートの下に両手が潜《もぐ》り込み、脚を撫で上げた。止めるつもりはまったくなかったのだと気づいたときには遅く、フェリクスの手はリディアーヌのドロワーズを引きずり下ろしていた。

ドレスは脱がされていなくとも、スカートがめくられれば下肢が剝《む》き出しになってしまう。フェリクスが頭をスカートの中に潜り込ませてくると布地が必然的に上がって、リディアーヌは慌てて両手でスカートを押さえようとした。

「……あ……っ！」

フェリクスの唇が、恥丘《ちきゅう》にくちづけてくる。びくんと腰が揺れると、フェリクスの両手はリディアーヌの脚を押し割り、膝を立たせた。

淫《みだ》らに開いた脚の間にフェリクスは顔を入れて、舌と指で蜜壺《みつつぼ》を愛撫してくる。スカートを押さえようとした手は、次の瞬間、布地をきつく握りしめた。

「あ……ああ……っ」

濡れた舌が、ねっとりと割れ目を押し広げてくる。力を込めた舌先が花弁《かべん》の中に押し込まれ、浅い部分をぬちゅぬちゅと出入りした。

リディアーヌは身を震わせ、のけぞり、喘《あえ》いでしまう。またあの快楽がやって来るのかと思うと、完全に拒《こば》むことは難しい。それだけ、教えられた愛撫は気持ちよかったのだ。

「フェ、フェリクスさま……駄目……」

「ですが貴女のここは、もう蜜でとろとろです。こちらの粒も、こんなに固くなってます」

指がそれぞれ花弁を押さえて広げると、とろりと蜜が滴《したた》り落ちるのがわかった。同時にフェリクスの舌が、露《あらわ》にした花芽《かが》を舐め回したあと――唇でしごいてくる。

「……ひ、あぁ……っ！」

あまりにも強すぎる口淫《こういん》に、リディアーヌの唇から悲鳴のような喘ぎが上がった。フェリクスがその声を耳にして、苦笑する。

「リディアーヌ、お静かに。また誰かが近くを通ったら、何事かと思われますよ?」

「……っ」

声を出したらいけない。リディアーヌは唇を噛みしめるが、フェリクスの舌が花芽をひと舐めしただけで、また淫らな声を上げてしまう。

フェリクスが、困ったようにたしなめた。

「駄目ですよ、リディアーヌ。堪《こら》えてください」

「ふ……く、う、んん……っ」

必死に堪えるが、保《も》ちそうにない。リディアーヌは何とか声を抑えようと、衝動的に握りしめていたスカートの布地を引き寄せ、口にした。

だがその仕草は、自ら脚を開いてフェリクスの愛撫を待つかのようにも見える。リディアーヌは声を耐えようとすることに必死で、自分の格好には気づけていない。フェリクスは喉の奥で小さく笑った。

「そうです、そうしていて下さい。貴女のいやらしくも可愛らしい声は、私だけが聞ければいいのですから」

「……ん、んーっ!!」

フェリクスが、一気に絶頂に押し上げるかのように、舌と指の動きを激しくした。

花芽を舐めしゃぶり、吸う。蜜壺の中に差し入れられた指は、届くところはすべて蹂躙《じゅうりん》するように動いた。

チュプチュプと、淫らな水音は高くなる一方だ。リディアーヌはきつくスカートを噛みしめる。

「……んうっ、ん、んんっ！　んーっ!!」

フェリクスの巧《たく》みな口淫に、リディアーヌがあっという間に達し、ラグを蹴りつけるようにしながら腰をせり上げる。フェリクスは溢れた蜜を、丁寧に舐め取った。

「……ふ、あ……」

唾液でずいぶんと湿ってしまった生地を、リディアーヌはようやく口から離す。フェリクスは蜜にまみれた唇を舐めたあと、顔を上げてリディアーヌにくちづけた。

絶頂の余韻ですぐに動くことができず、されるがままになる。だがフェリクスのくちづけは、リディアーヌの頑張りを誉めてくれるかのように、優しい。

「すみません、リディアーヌ。こんなに明るい時間から貴女を欲しがってしまいました」

「……だ、大丈夫です。だって……」

その先を伝えるのは、はしたないのではないか。リディアーヌは口ごもってしまう。

フェリクスはリディアーヌの隣に添い寝して、髪を指で弄《もてあそ》んできた。

「だって？　先が気になります。何でしょう？」

「……だって、とても気持ちいいです、から……」

リディアーヌの恥ずかしげな言葉にフェリクスは少し驚いたように目を見開いたあと——嬉しげに笑った。


「……いや、それでさ。僕はいつまでお前ののろけを聞かなくちゃいけないわけ？」

うんざりした表情を欠片も隠さずに、シリルが問いかけてくる。フェリクスは親友から手渡された書類に目を通していたが、訝《いぶか》しげにシリルを見返した。

「何を言っているんですか？　私はのろけなど一言も口にしていません」

「……何しれっと言ってくれちゃってんのかなー！　僕はさ、彼女の近況を聞いたわけ！　お前とのいちゃこら話が聞きたいわけじゃないの！」

よほど腹立たしかったのか、シリルはバシバシと傍《そば》の執務机を平手で叩いた。

いくら親友で自分の秘書的存在だといっても、気安くしすぎではないか。フェリクスの表情は自然と叱責《しっせき》するかのように厳しいものになる。

ここは、自分の館だ。しかももうすぐ新婚生活を過ごすことになるフェリクスの棟で、シリルはその執務室に自分が不在の間の騎士団の状況を報告に来ているのだ。今自分が目を通していた書類も、それに関することだった。

ここはもう少し、公私混同をやめてもらうべきだろう。

「シリル……私たちは確かに親友ですが、だからといってこんなふうに馴れ合うのはどうかと思います。ここは私が上官ということを忘れずに……」

「公私混同してんのはお前だからね！　僕じゃないから！」

すぐさま切り返されて、フェリクスは訝《いぶか》しげに眉根を寄せてしまう。まったくわかってない親友に頰をひくつかせながら、シリルは続けた。

「あのね、僕は彼女の様子に異変がないかとか変なヤツが接触してないかを聞いてたわけ。それなのにお前ときたら、彼女と何話したとか可愛すぎてたまらないとか！　そんないちゃこら話を聞かせられる身にもなれって言うの！」

「まだ独り身の君に、そんな惨《むご》いことをしたつもりはありません。ただリディアーヌの素晴らしさと可愛らしさを教えただけです」

「だからそれがね？　のろけっていうわけ。わかる？　んん〜？」

あともう一言でも不用意に言葉を重ねたら、拳が飛んできてしまいそうなひきつった笑顔をシリルは見せる。フェリクスはここまでだと仕方なく大きく息をついて、軽く咳払いした。

「……それで、彼の様子はどうですか」

「お前が長期休暇でいないせいか、すっごく生き生きしてるよ。仕事も張り切ってるし。だから、今はおとなしく見えるけど……彼女と話したいことがあるって言ってたのを聞いた」

こちらを警戒している彼から直接話を聞いたわけではないだろう。盗み聞きの件に関して、フェリクスは親友をたしなめるつもりはまったくない。

「そうですか……やはり、面倒な男ですね」

言葉は丁寧だが心底の嫌悪感を隠さない。シリルも同感だとため息をついた。

「だから、いろいろ証拠集めをしてるんでしょ。こっちは任せてくれて大丈夫だから、彼女の方はフェリクス、お前に任せたからね」

「それはもちろんです。いっそのこと、監禁してしまえば安心できるんですが……」

本音が、ぽろりとこぼれてしまう。

彼女をどんな者にも触れさせないようにするには、それが一番だ。

「待った待った、フェリクス。一歩間違えたらそれ、犯罪だからね！　物騒なこと言わないでよ……冗談にしちゃ、質《たち》が悪いから！」

シリルはフェリクスの呟《つぶや》きを、完全に冗談だと思っているようだ。本音であると訂正する必要性は感じず、フェリクスは無言を通す。

シリルはふと思い出したように続けた。

「そういえば、シャブラン伯爵夫人から手紙を預かってきた」

「ありがとうございます」

シリルから手紙を受け取り、早速中を開いて見てみる。フェリクスの表情は笑みのそれだ。

「シリル、夫人に明日の早朝にお伺《うかが》いしますと伝えて下さい」

「わかった。そっちの計画も順調みたいだね」

フェリクスは楽しげに笑う。

「ええ、順調です。君も楽しみにしていて下さい」


フェリクスと毎日いつも一緒にいられるこの長期休暇は、互いの知らないところを知れるよい時間だった。

他愛もない話も、フェリクスとするととても楽しい。他に仕事に関してのことは教師のように丁寧に教えてくれる。おかげで騎士団のことにも詳しくなった。

リディアーヌが貴族の妻としての仕事をできるようになりたいと何度も頼み込んだ甲斐《かい》もあって、フェリクスは渋々ながらもひとまずそれらも教えてくれるようにはなった。とはいえ、まだ婚儀を成立させてはいない以上、リディアーヌがそれらをするまでには至らないのだが。

それらの会話の中ではフェリクスの仕事に対しての姿勢がわかり、改めて彼が自ら担う役目に対して真剣に、誠実に取り組み続けていることを知る。フェリクスの方もリディアーヌがこうした話を退屈に思うこともなくきちんと知識として吸収していることを、喜んでいるようだった。

そしてフェリクスは何かにつけてリディアーヌに触れ、くちづけてくる。恥ずかしさが消えることはなかったが、そうした愛撫にもずいぶんと慣れてきた。

その夜もフェリクスに可愛がられて、満たされた眠りについた。婚儀を行えば本当にフェリクスのあの昂《たかぶ》りを受け入れることになる。

（早く、フェリクスさまの『妻』になりたいな……）

そんなことを思いながら目覚めた朝、隣にフェリクスはいなかった。確かに昨夜、フェリクスとは一緒のベッドに入ったはずなのに。

（昨日は、シリルさんが来てたけど……）

仕事のことでの報告だと聞いている。もしかして、出仕しなければならなくなってしまったのだろうか。

フェリクスがいたはずのシーツを撫でれば、温もりはどこにもなく冷たい。ずいぶん前に出かけたようだ。リディアーヌは慌ててベッドから起き上がる。

裸であることと肌のあちこちに散っている赤いくちづけの痕に気づいて、頰を染めてしまう。フェリクスによって脱がされてしまった夜着を身に着けたところで、扉がノックされた。

召使いかとばかり思っていたリディアーヌは、しかし入ってきたのがフェリクスで驚く。団服ではなかったが、外出着だ。

「リディアーヌ、おはようございます」

リディアーヌの目の前までやってきたフェリクスは、当然のようにくちづけてくる。このまま情事に入ってもおかしくないような情熱的なくちづけだ。リディアーヌは流されないように、必死になるしかない。

それが終わると、リディアーヌは問いかけた。

「あ、あの、フェリクスさま。こんなに早くにお出かけを？」

「ええ。昨日のシリルの報告で、気になることがありましたから」

「じゃあ、これからまたお仕事に？」

今日一日をフェリクスと過ごせないのは寂しいが、彼は騎士団団長としてこの国に必要な人だ。兄のルリジオンも、フェリクスをとても頼りにしているのを知っている。

「でしたら、あの……支度のお手伝いを……」

「いえ、出仕するほどでもありませんし、あとはシリルに任せてきましたから大丈夫です。リディアーヌ、一緒に朝食にしませんか」

「すぐに着替えます！」

今日もフェリクスと一緒に過ごせることに、リディアーヌは喜んで即答する。フェリクスの方も同じように笑みを浮かべると、リディアーヌの前髪に軽いくちづけを与えてから食堂へ先に向かっていった。

（あ……ら……？）

フェリクスが自分の傍から離れるとき、ほんのかすかに女性用の香水の香りがした。くちづけで酔わされていたら、まったく気づかないほどだ。

（……この香り……確か……）

以前に嗅《か》いだことがある香りだ。どこでだったかと記憶を探ると、シャブラン伯爵夫人の美しい姿が思い出される。

蘭《らん》の香りをベースにした、色気のある香りだ。これはシャブラン伯爵夫人が自分に似合う香水を出入りの調香師に頼んで作ってもらったものだと、パーティで聞いたことがあった。彼女のための、彼女の香水。どうしてこの香りが、フェリクスからかすかにでも感じられるのか。

『団長も所詮は男です。野心があるからこそ、姫さまを取り込もうとしているのかもしれませんよ』——そんなことはないのだと笑い飛ばしたはずの警告が、ふいに胸の中に甦《よみがえ》ってくる。リディアーヌは慌てて首を振ってそれを散らすと、小さく呟いた。

「気のせいよ……」

まさか、フェリクスが自分に隠れて誰かと——女性と、会っているかもしれないなんてことは。

フェリクスとの蜜よりも甘い毎日に一滴の黒い雫が落ちたような日の翌日、朝食を終えて食後の茶とともにゆったりとしたひとときを過ごしていたとき、フェリクスがどこか楽しそうに切り出してきた。

「リディアーヌ、今日はこれからお客さまが来ますよ」

「お客さま……？」

それは珍しい、とリディアーヌは少し驚く。

フェリクスと二人きりのこの棟には、カバネル公爵夫人ですらあまり訪れない。フェリクスが誰も近づけないようにしているからだが、だとしたら、騎士団関係者だろうか。

「どなたですか？　お仕事になるのでしょうか」

「今私は、長期休暇ですから仕事はありません。シャブラン伯爵夫人です」

「え……？」

ドキッ、と鼓動が震えて、リディアーヌは頬を強張《こわば》らせる。自分の母親すら近づけようとしないのに、シャブラン伯爵夫人だけは招き入れようとするのか。

（……嫌だ。悪いことばかり考えてしまうわ……）

フェリクスのたった一言で、これほどまでに動揺してしまうことが哀《かな》しい。フェリクスの愛は、ちゃんと感じられているのに。

「夫人がリディアーヌと個人的にゆっくりお話ししたいと、私に相談してきたんです」

「でも、どうして急に？」

「貴女はこれからは王女ではなく、公爵夫人になります。シャブラン夫人と仲良くしておいて、損はないと思います。そう思ったので、お呼びしました」

確かにフェリクスの言う通りだ。これからは公爵夫人として、王族の伝《つて》ではない自分なりの交友関係を築き上げていかなければならない。そしてシャブラン伯爵夫人の持つ社交性は、リディアーヌの強力な後ろ楯になってくれるだろう。

リディアーヌはもやもやとする気持ちを飲み込んで、フェリクスに笑いかけた。フェリクスが自分のためによかれと思ってしてくれたことだ。感謝こそが大事だろう。

「シャブラン夫人と個人的にゆっくりとお話しするのは初めてなんです。楽しみです」

「リディアーヌ」

フェリクスが優しく名を呼んで、両手を包み込むように握りしめてきた。掌の温かさは、リディアーヌをとても深く気遣うものだ。

「何か心配なことが、ありますか？」

「……な、何もありません……」

心を見透《みす》かされたような気かして、鼓動が大きく音を立ててしまう。慌てて否定したが、成功しているのか疑わしい。とりあえず今は追求するつもりはないようで、フェリクスは心配げな表情をしながらも手を離してくれた。

「わかりました。ですが何かあるのでしたらすぐにおっしゃってください」

「はい、そのときはすぐに」

それ以外の答えを、リディアーヌは口にすることができなかった。


「御機嫌《ごきげん》うるわしゅう、姫さま」

ドレスのスカートを摘んで腰を落とす礼は、リディアーヌがこれまで見てきたどれよりも優美だった。社交界で貴婦人たちの注目を集めるだけのことはあると、リディアーヌはシャブラン伯爵夫人を前にして改めて思う。ふわりとほんのわずかに、色気のある花の香り――夫人専用の香水の香りが、した。

その日の午後、お茶の時間に合わせてやって来たシャブラン伯爵夫人は、手土産に菓子を持ってきてくれた。それを味わいながら茶の時間を過ごすことになる。

窓を多めに設置した応接間は、明るい陽光がたっぷり入って気持ちがいい。夫人は明るく優しくてそのセンスがなかったとしても、社交の場では人気者になれそうだった。

しばらく世間話をする。本当に他愛もない話ばかりで楽しかったが、何だかよく見られているような気もする。物色されているような感じだ。

（……悪い方に考えちゃいけないわ）

「姫さまは、お好きな色はありまして？」

「ピンクとか黄色とかが好きよ」

「好きなお花とかはありますか？」

話が弾み始めた頃合いに、夫人が問いかけてくる。

最初は素直に答えていたリディアーヌだが、何だかだんだんと不思議に思えてきた。色や花や食べ物など、リディアーヌの好みをいろいろと知る必要性がわからない。

夫人はさらに、持ってきたケースから何枚かのデザイン画を見せてきた。その中にはドレスのものだけではなく、ヘアスタイルのものまであった。

「姫さまはこちらとこちら、どちらがいいと思います？」

再びいくつかの質問に答えたが、リディアーヌの疑問は強くなる一方だ。フェリクスも自分たちの会話を聞いていたら同じ疑問を抱くはずなのに、彼は女同士の会話を邪魔しないように見守っている。

(どうして……？)

「姫さまとはもっと個人的に仲良くしたかったんです。もともと素直で可愛らしい方とは思っていたんですけど……これを機会にどうぞ仲良くしてください」

シャブラン夫人の言葉は優しく、押しつけがましくない親しさがある。リディアーヌも、フェリクスのことがなければすぐにでも仲良くなりたくなるほどだ。

「そ、それはとても嬉しいですけど……でも、こんなふうに質問攻めにされてしまうと、少し戸惑ってしまいます」

少し困ったように苦笑しながら言えば、夫人がはっと瞳を瞬かせた。

「も、申し訳ありません。仲良くしたい気持ちが先走ってしまったみたいですね。その人のことをもっとよく知るためには、好みや感じ方を教えていただくのがよいかと思いまして……ねえ、フェリクスさま？」

同意を求めるために、夫人はフェリクスを見やる。どうしてここでわざわざフェリクスに話を振るのかと、リディアーヌの疑惑はますます強くなった。

フェリクスは笑って頷く。

「そうですね、それも相手を知るための一つの方法だと思います。それに、女性同士ならばおしゃべりで盛り上がれるでしょう」

「さすがフェリクスさま。よくわかっていらっしゃいます」

「夫人に鍛えられましたから」

「まあ、誤解を受ける言い方はおやめください。私はほんの少し助言しただけですわ」

ずいぶんと親しい感じだ。リディアーヌは自然と口をつぐんでしまった。……何だか二人の間には自分が入れない空気ができているように思える。

（シャブラン夫人は、素敵な人だし……）

優しくて、温かそうな人だ。容姿も未亡人とはいえ、まだ若く美しい。人妻だった艶《つや》っぽさは、自分には到底手に入れられない女らしさにつながっているような気がする。夫人を恋人にしたいと狙う男性がまだまだたくさんいると聞くのも、よくわかるような気がした。

「フェリクスさま、私、姫さまと二人きりでお話ししたいです。フェリクスさまがご一緒だと、女同士の特別な話もできません」

フェリクスは苦笑し、仕方なさそうにしながらも立ち上がった。何だか夫人の言うことはよく聞いているように見える。

「わかりました。では一度、席を外させていただきます。頃合いを見計らって戻ってきますね」

「……あ……」

何だか心細いような気持ちになって、リディアーヌはすがるように彼を見つめてしまう。フェリクスはリディアーヌのそんな表情にすぐに気づき、足を止めて振り返った。

「どうかしましたか、リディアーヌ」

「……い、いいえ。何でもありません」

だがこの気持ちは、正直に伝えたところでどうにもならない。疑惑を抱いているなど、フェリクスを信用していないと言っているのと同じだ。

フェリクスはリディアーヌの異変を敏感に察して、なかなか立ち去ろうとはしない。それを見かねたシャブラン夫人が、間に割って入った。

「心配になるのもわかりますが、もしかしたらフェリクスさまが男性だから、話せないことかもしれませんよ」

その可能性は失念していたらしく、フェリクスははっと息を呑《の》む。夫人の言葉は見当違いだったが、リディアーヌはこれ以上彼を心配させたくなくて頷いた。

「そういうことも、あるかもしれません……」

「……リディアーヌ」

ふいに低い声で名を呼ばれて、ドキリとする。何となく不穏《ふおん》な空気をフェリクスから感じ、リディアーヌは息を詰めた。

「私に隠し事はいけませんよ。どんなことをしても、暴《あば》きたくなりますから」

一瞬背筋に何か冷たいものを感じてしまう。

フェリクスはリディアーヌの頬をひと撫でしたあと、今度こそ部屋を出ていく。リディアーヌは思わず深く息を吐いていた。

シャブラン夫人はフェリクスの言葉に、少々呆《あき》れた顔をしていた。

「フェリクスさまったら……姫さまが心配なのはわかりますけど、あれでは脅迫《きょうはく》しているようなものです。姫さま、あまり気にしてはいけませんよ」

夫人の言葉に、リディアーヌはひとまず頷く。だが、見てはいけないものを見てしまったような気持ちになった。

(だって……さっきのフェリクスさま、恐かった……)

「でも本当に姫さまは羨《うらや》ましいですわ。社交界でも、お二人の結婚には注目していますのよ」

「注目……?」

夫人がティーポットを手にして、リディアーヌのカップに新たな茶を注いでくれる。

「はい。特に女性たちが羨《うらや》ましく思っているようですよ。皆、フェリクスさまに一度は憧れていますから」

夫人の笑顔は相変わらずふんわりと柔らかいものだ。リディアーヌはふいに彼女に聞いてみたくなって、唇を動かしている。

「夫人はどうですか?」

「まあ……! 私は未亡人ですよ。フェリクスさまが私などを恋人の対象として見ることなど、ありませんわ」

「そうではなくて……夫人自身はどうなのかしら、と思って……」

女同士の気安さが、夫人に答えを口にさせたらしい。夫人はくすくすと笑いながら続けた。

「そうですね。私がもっと若く、亡くなった夫に出会っていなければ、フェリクスさまの妻になりたいと願ったかもしれません」

「そ、そうですか……」

「ですが、誰もお二人の間に割り込むことはできないと思いますわ。私に声がかかったのだって……」

夫人の言葉に、リディアーヌはぴくりと反応する。夫人は優雅に口元を押さえる仕草をしていたが、うっかり何かを言おうとしたのは間違いない。

『団長が、シャブラン伯爵夫人と……』——あのときは凜《りん》とはね除けることができたレナルドの言葉が、また心の中に浮かび上がってくる。まるで呪いのようだ。

(フェリクスさまは優しくて、私をとても大切にして下さっているのに……)

——自分が勝手に勘違いしただけなのだとしたら?

自分と結婚すれば、騎士団団長でありながらも王族に連なる者となり、彼の権力はますます強くなる。男として見れば、野心があってもおかしくない。フェリクスだったら——もっとこの国をよくするための力が欲しくて、自分を求めたとしてもおかしくない。

(恋じゃ、ないかもしれない)

彼は優しいから、自分を不要に傷つけないように配慮してくれているだけなのかもしれない。

「……姫さま? どうかなさいましたか?」

リディアーヌの表情が暗くなったの見て、シャブラン夫人が心配そうにのぞき込んでくる。

誰も悪くないことだ。もしフェリクスが夫人に女性として惹《ひ》かれていたとしても、仕方がない。自分と比べて容姿はもちろん、人格的なものも彼女の方が上だ。嫉妬《しっと》を覚えるのもおこがましい。

だからリディアーヌは、笑って首を振った。

「大丈夫です、夫人」

ちゃんと笑えていると思うが、自信はなかった。


シャブラン夫人は夕方になると館を去っていった。

あのあと頃合いを見計らって戻ってきたフェリクスは、リディアーヌをことあるごとに心配してくれた。本当の気持ちを口にはできなかったし、夫人とのやり取りがやはり親密に思えてしまうから、余計に大丈夫だと言い張ってしまう。

またおしゃべりして下さいね、と言い置いた夫人を、フェリクスはエントランスまで見送りに行っている。リディアーヌももちろん見送りに行くつもりだったが、夫人が気を遣わなくていいと言ってくれたため、リディアーヌだけ居間に残っている。もしかして、フェリクスと短い時間でも二人でいたいという願いからだろうか、などと思って強く出られなかった自分が嫌だった。

召使いたちも、ちょうど今は夫人の分の食器を片づけつつ新たな茶を取りに行っているため、いない。急に一人になって、リディアーヌは視線をテーブルに落とす。

(フェリクスさまは心配性だから、必ず誰かを傍に置くように言い聞かせてくれるけど……)

ここは歴代の騎士団団長を輩出しているカバネル家だ。それほどまでに心配するようなことが本当にあるのだろうか。

これではまるで──『監禁』、という言葉が心に浮かんで、ドキリとする。

(やっぱり私が、婚儀前に嫌だと逃げ出さないように……？)

それは何度かこれまでに思ったことだった。そのたびにレナルドの警告を思い出してしまい、否定したが。

(私を、利用しようとしている……？)

心は伯爵夫人にあったとしても、自分を手に入れて立場と権力を高めるために。

(彼の、言う通りなのかもしれない……)

フェリクスの心が自分にないのならば、この結婚についてはもっとよく考えなければ。リディアーヌはテーブルに乗せたままだった片手を、ぎゅっと強く握りしめた。

二人で夕食をとり、入浴を済ませ、同じベッドに入る。フェリクスは毎晩リディアーヌに絶頂を覚え込ませ、自身を受け入れるときになるべく苦痛にならないようにと、触れ続けていた。だがこの日は気分的に愛されたくはなくて、リディアーヌは言う。

「あの……フェリクスさま。今夜は手をつないで眠るだけ、は、駄目ですか？」

フェリクスが、意外そうに軽く目を瞠る。ターコイズブルーの瞳から、一瞬感情が滑り落ちた。

「フェリクスさま……？」

何やら不穏な空気を感じて、リディアーヌは少し震える声で呼びかける。フェリクスは一度ゆっくりと瞬きをして——そして次の瞬間にはいつもの優しい笑顔を浮かべていた。

「貴女に触れられるのは、今夜はこの小さな手だけなんですね。残念です」

そう言いながらもフェリクスは、リディアーヌの希望を叶えてくれる。やはり優しい人なのだと、リディアーヌは改めて感じた。

「ですが、今夜はどうされたんですか？　やはり、何かありましたか？」

思い悩んでいることを気づかれないようにしたつもりだったのに、まったく成功していなかったことを教えられて、リディアーヌは身を縮めてしまう。フェリクスはリディアーヌの手を少し強く握りながら身を寄せて囁《ささや》いた。

「何かあるのならば、話して下さい。私たちはこれから夫婦になるんですから」

(好きでもない人を妻にして、フェリクスさまは苦痛に思われないのかしら……)

妻となれば、一生を寄り添う相手だ。何とも思っていない相手を傍に置いても、不幸になるだけとしか思えない。

「……ありがとうございます、フェリクスさま。きっともうすぐ……お話しします」

「わかりました……。リディアーヌがそうおっしゃるのでしたら」

つないだ手の温もりを愛おしく思いながらも、リディアーヌは切なさに目を閉じる。

(ちゃんと考えなくてはいけないわ。フェリクスさまに迷惑がかからないように)


——リディアーヌなりに何が一番フェリクスのためになるだろうかを一生懸命に考えて、やはり好きでもない相手と結婚するのは苦痛にしかならないという結論に達した。まだ正式な婚儀を行ってはいないのだから、引き返せる。フェリクスは尽くしてくれたが、自分にはどうしても駄目だったというふうにすればいい。

フェリクスは、彼自身に騎士団団長としての力が十二分にある。自分などを手に入れなくても彼の未来は輝かしいものになるはずだ。

(フェリクスさまが帰ってきたら、お話ししよう)

今日、フェリクスは出かけている。どこに行くのかまでは、教えてくれなかった。

だが、時が来たらすべて話すからと言ってくれた。

(フェリクスさま……)

心の中で、思わずリディアーヌはフェリクスの名を切なく呼ぶ。そしてその呼び声に応えるかのように、帰宅したフェリクスが扉を開けてきた。

「ただいま戻りました、リディアーヌ」

「お、お帰りなさいませ」

婚儀破棄を決意したところだったので、リディアーヌの表情は暗い。それをフェリクスに悟られないように、リディアーヌは慌ててソファから立ち上がった。

フェリクスは当然のようにリディアーヌが帰宅のキスをしてくれるものとして、待っている。リディアーヌは何とも言えない複雑な気持ちになりながらも、フェリクスの唇にくちづけるために、近づいた。直後、ビクリと身を強張らせてしまう。

(この……香り……!)

艶っぽい花の香り。これは以前にもフェリクスから感じたシャブラン伯爵夫人の香水の残り香だ。フェリクスは、彼女に会っていたのか。

(やっぱりフェリクスさまの心は、私にはないんだわ)

「リディアーヌ……?」

すぐにくちづけてこないリディアーヌを訝しんで、フェリクスが名を呼んでくる。リディアーヌは慌ててフェリクスに身を寄せ、唇を重ねた。

しっかりとリディアーヌの味を確かめるような深く激しいくちづけは、身体を蕩《とろ》けさせてしまうものだ。フェリクスの愛情が感じられると思ったが、それは自分の勘違いだったのに。

(私……浮かれていただけだったのね……)

「リディアーヌ、聞いて下さい」

くちづけは終わらせても、リディアーヌを抱きしめる腕は解《ほど》かないままで、フェリクスが切り出す。何か嬉しいことでもあったかのように、フェリクスの表情は高揚《こうよう》したものだった。

フェリクスがそんな顔をすると、自分も嬉しくなってくる。リディアーヌは笑顔になって先を促した。

「何か、嬉しいことでもありましたか?」

「はい。貴女もきっと驚いて、喜んでいただけるものだと思います」

リディアーヌは見当がつかず、小首を傾げてしまう。フェリクスはリディアーヌの腰に両腕を絡めたままで言った。

「実はシャブラン夫人と一緒に貴女に提案したいことがありまして……」

その名が出て、リディアーヌの身体が再びびくんと強張った。

(ああやっぱり、今日のお出かけは彼女に会うためだったんだわ……! 私に、内緒でなんて……)

「……フェリクスさま！」

先を続けようとしたフェリクスを遮るために、リディアーヌは声を高めて呼びかける。フェリクスは少し訝《いぶか》しげな顔をしながらも、言葉を止めてくれた。

リディアーヌはほとんど衝動的に言った。

「フェリクスさま、私、考えたんです。この婚儀はなかったことにしましょう！」

「……」

フェリクスは、無言でリディアーヌを見返す。その端整な頬から笑顔が滑り落ち、彼の纏《まと》う空気が冷たくなったような気がした。リディアーヌは息を呑む。

「よくわかりません。どうしていきなりそんな話をされなければいけないんでしょう」

「そ、それは……」

「貴女は私の妻になって下さると、約束して下さったのではありませんか？」

反論もできずに黙り込んでしまったリディアーヌの二の腕を、フェリクスが摑んでくる。指が皮膚に食い込むほどの強さは、痛みを与えてくる。フェリクスはこちらを食い入るように見つめていた。

「フェ、フェリクスさま……痛い、です……」

「貴女が馬鹿なことを言うからです」

「馬鹿なことなんかじゃ……!!」

ようやく反論ができそうになり、リディアーヌは続ける。

「だって！　好きでもない相手と結婚なんて、苦痛にしかならないんじゃ……！」

「私が貴女を好きではない？　では確たる証《あかし》を見せなければなりませんね」

フェリクスが、突然リディアーヌの身体を横抱きにした。驚く間もなくベッドに運ばれてそのまま押し倒される。

フェリクスの手が乱暴にリディアーヌのドレスの襟《えり》を摑んだ。

「フェリクスさま……!!」

慌てて止めようとしても、フェリクスはまったく構わない。リディアーヌの腰を膝で挟み込むようにのしかかり、襟を強引に開いた。

前ボタンが並ぶデザインのドレスだったため、くるみボタンが勢いよく飛び散る。布地が引き裂かれ、シュミーズが露《あらわ》になり、リディアーヌは衝動的に悲鳴を上げてしまった。コルセットはフェリクスに言われるまま、身に着けていなかった。

「フェリクスさま……こんな……」

「お静かに」

抗議の声は、嚙みつくようなくちづけによって塞《ふさ》がれてしまう。

「う……んんっ、んー……」

すぐさま舌を搦《から》め捕られ、ぬるついた熱い舌がリディアーヌの口腔《こうこう》を激しく貪ってくる。

これまでにリディアーヌを馴らしてきた舌の動きだ。あっという間に快楽に飲み込まれてしまう。

「んふ……んんっ、ん……フェ、フェリクスさま……い、や……」

くちづけの合間に、何とかやめて欲しいと伝えようとする。フェリクスはリディアーヌの顎を摑むと、ぐっと力を込めて口を開かせ、舌を絡め合わせた。

「……ん……んふ……うっ、ん……」

ぬちゅぬちゅと舌を搦め捕られて味わわれる。口を閉じることができないため、混じり合った唾液は飲み込みきれずに口端からこぼれた。唇がしっとりと濡れ、乱れていく呼吸がくぐもった喘《あえ》ぎの間に落ちていく。

くちづけの激しさと深さで意識が霞《かす》んでいき、抵抗の力はどうしても弱くなる。それでもリディアーヌは身を捩って、フェリクスの手を振りきろうとした。

「……フェリクスさ、ま……やめ……」

「やめませんよ」

フェリクスの片手が、リディアーヌの手首をひとまとめにして頭上に押しつける。たったそれだけの動きで、リディアーヌはベッドに縫い留められてしまう。

いつもの優しい彼からはまったく想像もできないほどの荒々しい仕草で、フェリクスはリディアーヌのシュミーズを脱がせようとした。だが頭から被る仕立てのそれは、脱がせるのに手間がかかる。

フェリクスはターコイズブルーの瞳を眇《すが》めると、何を思ったのか自分の腰に手を回した。騎士の心得の一つとして持っているのか、ジャケットに隠されていた腰ベルトから、一本のナイフを取り出す。

きらりと光ったそれに、リディアーヌは息を呑む。何をするつもりなのか頰を強張らせると、フェリクスが小さく笑った。

「安心して下さい。貴女を傷つけるつもりはまったくありません。ただ、邪魔なものを取り払うだけですよ」

「え……きゃあ！」

ナイフの刃が、ドレスとシュミーズの襟の部分に入り込む。そしてそれを、フェリクスは一気に下まで下ろした。

鋭い刃によって、リディアーヌのドレスの前が真っ二つに切り裂かれる。はいていたドロワーズも一緒に引き裂かれ、リディアーヌのたおやかな裸身の前面が、露になった。

（な……に……？）

ふるり、と胸の膨らみが揺れる。フェリクスは両開きになったドレスの名残を強引に剝《は》ぎ取った。下着も同じく邪魔なものだと言わんばかりにむしり取られる。

「フェ……リクス、さま……」

フェリクスの手が、手首から離れる。だがリディアーヌにはもう抵抗する気力が出てこない。あまりにもいつもの彼とは違う乱暴な行為が、フェリクスの怒りを教えてきていた。

「……フェリク、スさま……」

呼びかける声は、怯《おび》えるように小さく震《ふる》えてしまっている。フェリクスが、くすりと微笑した。

「私が、恐いですか？」

どう言えばいいのかわからない。自分がフェリクスを怒らせてしまったからこんな状況になってしまっているのだろう。ただ怒りの原因がわからないから、リディアーヌは答えに詰まる。

「安心して下さい。愛《いと》しい貴女を傷つけることは決していたしません。その代わり……」

フェリクスの笑みが、深まる。なぜか背筋にぞっと冷たいものを感じてしまうような笑みだった。

「貴女にこれまで以上の快楽を教えましょう」

言ってフェリクスは、一糸纏《まと》わぬ姿のリディアーヌの肌に指と唇を這《は》わせてきた。

「……や……やあ……っ」

まろやかな胸の膨らみを両手で包み込まれたかと思うと、荒々しく揉みしだかれる。フェリクスの指は乳首も捉えて、捏《こ》ね回した。

「ああ……貴女の胸は本当に気持ちがいい。こうして揉みしだいているだけでは、とても満足できなくなる胸です」

「やめ、て……！」

フェリクスはリディアーヌの乳房を両手で中心に押し寄せると、二つの頂を一緒に舐め回す。尖《とが》らせた舌先が激しく粒を上下左右になぶり、吸った。

唾液をまぶすように乳首を愛撫しているため、舌が動くたびにかすかにいやらしい水音が上がる。だがこれまでに与えられたフェリクスの愛撫によって、リディアーヌは羞恥と同時にそれを上回る快楽を感じてしまう。

「ほら、乳首が固く凝《しこ》ってきました」

尖らせた舌先が、つんつんと胸の粒をつつく。確かにフェリクスの舌を押し返してきそうなほどに、そこは固くなっていた。

「あ……あぁ……っ」

たまらずに喘いでのけぞると、リディアーヌの脚の間にフェリクスの膝が入り込む。恥丘を膝で押し上げるように刺激されて、鈍く広がっていく快感にリディアーヌは身もだえた。

「……ああ……濡れてきましたね。私の膝が、熱くなってきました」

フェリクスの膝が蜜でしっとりと濡れてきたことを教えられ、リディアーヌは頬を染める。

フェリクスに下腹部を撫でられると、びくりと跳ねるように震えてしまった。

「まだくちづけと胸をいじって差し上げただけですよ。なのに、蜜を滴らせるほど気持ちいいのですか？」

揶揄《やゆ》するように言われて、リディアーヌはますます赤くなる。

「ですがそれで構いません。私に感じている証拠なのですから」

フェリクスは嬉しそうに小さく笑うと、リディアーヌの身体を脚で押さえつけたまま、自身も服を脱ぎ捨てた。

鍛えられ無駄な筋肉が何一つない美しい裸身が、露になる。一瞬見惚《みと》れてしまいそうになるが、フェリクスの下腹部にある雄の昂りを目にして、息を呑んでしまう。

男根は、先走りを滴《したた》らせて濡れ光っていた。リディアーヌを求めて脈打つそれは太く雄々しくて、受け入れられるかどうか不安になってくる。

そのときが来るまで、これまでたっぷりと慣らされてはいた。けれどそのときは婚儀のあとだからと互いに言い合っていたから、ある種の安心があった。……だが今のフェリクスは、最後までするつもりなのではないか。

「私は貴女を離すつもりはありません。今すぐ貴女の中に私の子種を注いであげましょう」

「え……あ……っ」

フェリクスの指が下肢に下りて、花弁《かべん》に触れる。滲《にじ》み出していた蜜で指を濡らしたあと、ぬるつくそれで花芽《かが》をくりくりと捏ね回してきた。

「……あ、あぁっ！」

「ここに私のものを入れて、私の精をたっぷりと注ぎ込ませましょう」

「……あ……そ、んな……激しく動かしちゃ……いや……っ！」

リディアーヌの嘆願など一切聞かずに、フェリクスは親指で花芽をいじりながら人差し指と中指を突き入れる。ぐちゅぐちゅと抽挿《ちゅうそう》を開始されれば蜜壺《みつつぼ》の感じる場所を擦《こす》られ突かれて、リディアーヌを一気に絶頂まで押し上げた。

「……ああっ！」

ビクビクと打ち震えながら達すると、フェリクスはたまらなくなったかのように身体の位置を下げ、蜜壺にむしゃぶりついてくる。

「貴女の香りが強くなりました……たまりませんね」

達してまだひくついているそこに今度は激しい口淫をされて、リディアーヌは立て続けに達した。そのため、抵抗する力もなくなってしまう。

「あ……はぁ……んんっ」

はあはあと荒い呼吸をしながらぐったりとベッドに横たわるリディアーヌの膝を掴み、フェリクスは大きく押し開いた。

「あ……駄目……っ」

「私から逃れたいのならば、受け入れることです。そうしたら、離して差し上げますよ。

……今は」

フェリクスの声もその唇に浮かぶ笑みも、優しく甘い。だがリディアーヌを見つめてくるターコイズブルーの瞳には、一切の容赦が感じられない冷たさしか宿っていなかった。たとえどんなにリディアーヌが懇願しても、フェリクスは止まらないだろう。

「……フェリクス、さま……あ……！」

張り詰めた亀頭が、ぴたりと花弁の割れ目に押し当てられる。数度軽く擦って蜜を纏わせたあと、フェリクスの男根がゆっくりと入り込んできた。

「……っ!!」

引き裂かれるような初めての痛みが、そこから全身を走り抜けていく。リディアーヌの瞳が大きく見開かれ、苦痛の涙が散った。

「……おつらいですか、リディアーヌ……」

ひどく痛ましげな顔をして、フェリクスが頬を撫でてくる。リディアーヌが答えられずにいると、フェリクスは優しく啄《ついば》むようなくちづけを与えながら、胸の頂や花芽を指でいじってきた。じんわりと新たな快感が広がっていき、痛みが少し遠退《とおの》いて、詰めていた息を吐き出す。

直後、その隙《すき》を狙って、フェリクスの男根が一番奥まで突き入れられた。

「……あう……っ!!」

たまらずに、フェリクスの腕に爪を立ててしまう。だがフェリクスはそれも心地よいとでも言うようにうっとりとした表情で、リディアーヌに覆い被さるように抱きしめる。

「これが、貴女の中……とても熱くてきつくて、濡れています……」

感極まったような声は、耳のすぐ近くで囁かれる。ゾクゾクと身を震わせると、フェリクスは耳に舌を這わせてきた。

じくじくとした痛みが、下腹部を押し開いている。フェリクスはその痛みを少しでも拭《ぬぐ》い取ろうとしてか、指と舌でリディアーヌの感じる場所を攻めてくる。仕草が優しくて、大切にされていることはわかる。

「……フェリクス、さま……」

「既成事実を作ってしまえば、貴女は私から離れられない」

既成事実。それが何を意味するのか悟ると同時に、フェリクスの腰が動いた。

「あ……くぁ……ん、んん……っ」

張り詰めた亀頭が肉壁を擦り、リディアーヌは身震いした。フェリクスはゆっくりと腰を振りながら、自身の雄に絡みつく肉襞に熱い息をつく。

「ああ……貴女の中は、素晴らしく気持ちがいい。熱くうねっていて……やみつきに、なってしまいそうです……！」

「え……あ、ああっ！」

フェリクスがリディアーヌの中を、激しく出入りし始めた。

最奥《さいおう》を目指して力強く腰を打ちつけられ、リディアーヌは痛みを打ち消す快感に身もだえる。フェリクスは本能的に逃げを打とうとする身体を自身の重みで押さえつけ、思うさま腰を振った。

「駄目です。逃がしませんよ」

「あ、ああっ！　あっ！」

「リディアーヌ、私のものです……！」

ぐいぐいと肉棒の先端で、最奥を突かれる。リディアーヌは乳房を激しく揺さぶるほどの抽挿に、惑乱《わくらん》の涙を散らすしかない。

フェリクスの息も、だんだんと激しくなる。自分の喘ぎ声がフェリクスの呼吸音と重なり始めた。

溢《あふ》れ出る蜜とフェリクスの先走りで、つながった場所がぐちゅぐちゅと淫らな音を立てる。

「あ……ああっ！　あー……っ!!」

「ふ……っ」

フェリクスが、息を詰める。蜜壺の中で怒張がさらに質量を増した。同時にリディアーヌも達する。

無意識にフェリクスの身体にきつくしがみつき、リディアーヌは身を強張らせる。フェリクスもリディアーヌを押し潰してしまいそうなほど、きつく抱きしめ返し——欲望を放った。

体奥に熱い飛沫《ひまつ》が浴びせられて、リディアーヌは瞳を見開く。フェリクスはリディアーヌの臀部《でんぶ》を摑んで自身に引き寄せ、一滴もこぼさないように腰をさらに突き入れた。

「あ……あ……っ」

体内を熱く満たしていくフェリクスの精に、リディアーヌは激しく身を震わせる。すべてを飲み込みきることはできず、溢れたそれは愛蜜と混じり合ってシーツを濡らした。

フェリクスはリディアーヌを抱きしめたまま、唇を重ねてくる。変わらずに貪《むさぼ》るように口腔内を味わわれたあと、フェリクスは満足げな声で言った。

「私の精が、貴女の中に注がれました。これで貴女の中に、私の子が宿ったかもしれませんん」

フェリクスとの子供。今のリディアーヌにはまだ想像できない。

リディアーヌはただぼうっとした瞳をフェリクスに向けるだけだ。

(だって、身体から魂《たましい》が抜けたみたいで……)

息を乱したまま、リディアーヌは何も答えられない。フェリクスは頰に張りついたリディアーヌの髪を優しく払いのけてやると、再び腰を揺すった。

「んあ……っ！　駄、駄目……すぐ、動いちゃ……っ」

達したばかりの蜜壺の中をまた新たに刺激されると、身体がビクビクと跳ねてしまう。フエリクスが動くたびに痛みが少しずつ遠退《とおの》き、代わりに気持ちよさがやって来るから、恐い。これ以上気持ちよくなったら、自分はどうなってしまうのか。

「私は、まだ満足していません」

「あ……はぁ、ん……だって……続けて、なんて……駄目……っ」

フェリクスがリディアーヌの足首を掴み、自分の肩に乗せた。フェリクスの突き入れに合わせて、爪先が揺れ動く。

リディアーヌの頬を滑り落ちた快楽の涙の雫をねっとりと舌で舐め上げながら、フェリクスは言った。

「そんなに可愛らしい声で言っても信じられません。貴女の中はまた熱く締めつけてくれていますよ」

「……あ、ああっ！」

「これは、私にもっと突いて欲しいということでしょう？」

「ち、が……んぁ！　ああっ！」

フェリクスが、腰を深く押し入れてくる。そのまま腰を捏ねるように動かされると、固く凝《しこ》った花芽や花弁がフェリクスの引きしまった下腹部に刺激されて、新たな快感を与えてきた。

フェリクスはリディアーヌの身体を横だおしにすると、縦に脚を開かせて抽挿する。先程とは角度を変えて肉壁が擦られ、リディアーヌは喘いだ。

「さあ、リディアーヌ。もっと私を受け取って下さい」

フェリクスの腰が、再び激しく動く。叩きつけるように打ち込まれて、リディアーヌは新たな絶頂に駆け上がった。

「リディアーヌ……っ」

呻《うめ》くように名を呼んだあと、フェリクスが精を放つ。体内を満たしていく熱はリディアーヌを手に入れようとする激しいものだ。

求められていることはわかる。だがそれは愛されているからなのか。それとも野心のために必要だからなのか。

(どちらなのか、わからない……)

貪るようなくちづけを受け止めながら、リディアーヌは意識を失った。

【4】


――喉の渇《かわ》きが、目覚めを促した。

「お、水……」

リディアーヌが瞳を開く前に、唇にひんやりと柔らかい感触が触れた。それはリディアーヌの唇を優しく押し割って、水を与えてくれる。

こくん、と喉を鳴らすと、乾いた身体が一気に潤った。自然にもっととねだってしまう。

「慌《あわ》てなくても大丈夫です。さあ、どうぞ」

優しいフェリクスの声と一緒に、再び口移しで水が与えられる。二口目を飲んだところでリディアーヌはハッと我に返った。

見開かれた瞳に、フェリクスの笑みが映り込む。フェリクスはリディアーヌの瞳をのぞき込んで、手にしたグラスを見せた。

「もう少し、飲みますか？」

口移しの恥ずかしさに頬を染めて、リディアーヌは慌てて身を起こそうとする。グラスを受け取って、自分でちゃんと飲もうとしたのだが——己の姿に気づき、危うくもう少しで悲鳴を上げてしまうところだった。

何も隠すことなく、全裸でベッドにいる。シーツは足元にわだかまっていたため、フェリクスの目に余すところなく見られていただろう。慌てて何か着るものを探すが、まったく見つからない。

ではせめてと自分の腕を使って胸を隠したところで、リディアーヌは新たな異変に気づく。自分の両手首に、シルクのリボンが巻きついている。結び目は固く、切ってしまわなければ駄目そうだ。その先は、ベッドヘッドの部分に結ばれていた。あちらも切らなければどうにもなりそうにない。

リボンの長さはたっぷりあったが、それでもベッドから降りられるほどでもなかった。どうしてこんなことになっているのかさっぱりわからず、リディアーヌは茫然《ぼうぜん》としてしまう。

「フェリクスさま……これ、は……？」

「ああ……貴女が私から逃げようとしたから、お仕置きです」

何でもないことのようにさらりとフェリクスは答える。リディアーヌは信じられない想いで大きく目を瞠った。

「手首に痛みはありませんね？」

「……え、ええ……でも……」

フェリクスはベッドに身を乗り出し、リディアーヌににじり寄る。そうしながらもシャツを脱ぎ捨てて、ズボンの前をくつろがせた。……何をする気なのか、もうリディアーヌにもわかる。

反射的にフェリクスに背を向け、ベッドの一番端に逃げようとする。その腰にフェリクスの片腕が絡み、引き寄せられて、背中からのしかかられた。

「駄目ですよ。逃がしません」

フェリクスの両手が脇の下を潜《くぐ》って前に回り、胸を揉《も》みしだいてくる。乳首を指で擦《こす》られて喘《あえ》ぐと、フェリクスの唇が耳を舐《な》めてきた。

「……貴女は耳が弱いんですよね。もう知っています」

「……あ……あぁ……耳、駄目……っ。舐めない、で……っ」

フェリクスはリディアーヌの言葉を聞くつもりなどまったくないようで、湿った舌でくちゅくちゅと耳中を侵してくる。胸をいじっていた片手が身体の稜線《りようせん》をたどり下りて、下肢に潜《もぐ》り込んだ。

花弁《かべん》を撫《な》で、花芽《かが》を摘まれると、快楽がやって来る。

「貴女はここをこうして、指でころがして差し上げると……」

「……あっ、あ……っ！」

「すぐに達してしまうんです」

あっという間に追い上げられ、達してしまう。フェリクスはぐったりとシーツにうつ伏せてしまったリディアーヌの腰を掴むと、ゆっくりと引き上げた。

フェリクスの動きに合わせて膝をついて、臀部をせり上げる格好になってしまう。まるで獣のようだと気づいて慌てて身を捩《よじ》ろうとしたが、それよりも早くフェリクスがリディアーヌの後ろの双丘《そうきゅう》を掴んで押し広げていた。

割れ目に、フェリクスの肉竿《にくさお》が滑り込む。そのままずぷりと一息に入り込んできた。

「……あー……!!」

後ろからの挿入に、リディアーヌの背中がのけぞる。フェリクスはリディアーヌの背筋を舐め上げ、肩口に吸いついた。

「リディアーヌ……っ」

フェリクスの腰が、激しく動く。猛った肉棒が蜜壺の奥を貫き、深く抉《えぐ》った。リディアーヌはあまりの激しさについていけず、シーツに突っ伏してしまう。

だがフェリクスは止まることなく、リディアーヌの腰をさらに高く抱え上げた。

「ふぁ……ああっ！　あー……っ」

「ふふ……貴女は後ろからこうされるのも、好きなのですね。中の締めつけが……これまで一番キツイ……」

「……んぁ……ち、が……」

そんなことはないと否定したくとも、全身を巡《めぐ》る快楽に飲み込まれてできない。代わりにシーツに頬や額を擦りつけるようにして、リディアーヌは喘ぐ。フェリクスはその喘ぎ声にも煽《あお》られたのか、リディアーヌの背中に上体を被せてきた。

片手が乳房をわし摑む。もう片方の手がリディアーヌのほっそりとした顎を摑み、強引に振り返らせた。

フェリクスはリディアーヌの唇に、後ろからくちづける。

「ふ……う、ん……んんっ」

「そう……私の舌も、舐めてください。ええ、そうです。はぁ……気持ちいいですよ……」

互いにもっと深い快楽を探り合うように、舌を絡め、舐め合う。その間もフェリクスの男根はリディアーヌの蜜壺を出入りしていて、つながった下肢は蜜が滴《したた》り、内股を落ちるほどだった。

「さあ、リディアーヌ。また私を……受け止めて下さい」

「……ああっ！」

フェリクスが力強く深くまで入り込み、リディアーヌの中に熱い欲望を放った。絶頂にビクビクと震《ふる》えながら、リディアーヌはそれを受け止める。すべてを吐き出して満足げに息をついたフェリクスの男根が引き抜かれると、なぜかひどい空虚感《くうきょ》にも襲われた。

(私の身体……おかしくなってしまったの……？)

身体の外にも中にも、フェリクスのぬくもりがないとひどく寂しく感じられてしまう。フェリクスからの熱い迸《ほとばし》りに体内を満たされると、これ以上はない安堵《あんど》感に包まれる。……もっと、それを感じたい。

(……違うわ、私……逃げてる)

フェリクスがあまりにも激しく執拗《しつよう》に自分を抱いてくれるから、心も本当に手に入れられているのだと思えてしまう。けれどフェリクスにはまだ、シャブラン伯爵夫人との関係について確認を取っていないのだ。

(ちゃんと……確認しなくちゃいけない、のに……)

ずっと抱かれているせいか、感覚が麻痺《まひ》しているのかもしれない。

リディアーヌは自覚がないまま、その瞳を求めるように潤ませていた。フェリクスは無意識の誘惑に、小さく笑う。

「私が、欲しいのですか？」

少し意地悪な響きの声に、ぞくりとする。まるで頭から食べられてしまうような錯覚を抱く。

フェリクスはリディアーヌの身体を仰向けにした。

一度放っているにもかかわらず、男根はまだ力を保っている。張り詰めたままの亀頭を蜜壺の入口に擦りつけられると、快感にぞくぞくしてしまった。

欲しい、と思ってしまう。

(こんな……こんなこと、はしたないのに……)

だがフェリクスによってこれまでに覚えさせられた快楽が、リディアーヌを拒《こば》めなくさせていた。

「リディアーヌ。私が欲しいのでしょう?」

「……私、は……」

亀頭が、くに、と花弁を軽く押し開いてくる。

「欲しいのでしたら、貴女が私を求めて下さい。貴女の声で私を欲しいと言って、このしなやかな脚をご自分で開いて下さい」

「……あ、あ……そんな、こと……」

恥ずかしくてたまらない。だがフェリクスは熱くこちらを見つめたまま、亀頭で入口の浅い部分をくちくちと刺激してくるだけだ。

リディアーヌは小さく息を呑んだあと——欲望に耐えきれなくなって従ってしまう。

かすかに震える指で、リディアーヌは自分の内腿《うちもも》を押さえる。自分の意思で脚を閉じられないようにして、涙に濡れた声で言う。

「フェリクスさまを……ください……っ」

「……っ」

フェリクスが余裕を失ったかのように、勢いよく押し入ってくる。ずくん、と奥を貫かれたかと思った直後には、激しく揺さぶられた。

「ああっ！　あんっ！」

奥の肉壁を突き破られてしまうかと思えるほどの強い抽挿《ちゅうそう》に、リディアーヌの身体はガクガクと揺さぶられる。あられもない喘ぎを抑えることのできないリディアーヌの中を、フェリクスは嵐のような激情のままに貪り、精を放った。

（ああ……熱い……）

フェリクスの熱さがリディアーヌの体内を満たして、焼き尽くすかのようだ。リディアーヌはぐったりとベッドに倒れ込んでしまう。

フェリクスはリディアーヌの隣に横たわると、指先と掌で優しく身体を撫でてくれる。ただ労りに満ちた仕草でも、リディアーヌの身体はヒクリと小さく跳ねて、次に与えられる愛撫を待ってしまう。

「リディアーヌ」

呼びかけられる声が、甘い。リディアーヌが身じろぎすると、どろりとした感触が内腿を伝い落ちてきた。

ぼんやりと見下ろせば、フェリクスの放ったものが納まりきれずに溢《あふ》れている。フェリクスもそのことに気づいたが、彼はとても嬉しそうだ。

「……溢れてきてしまいましたね。せっかく奥まで注ぎ込んだのに……また、差し上げなくてはなりませんね」

いったい何度放てば気が済むのか、先が見えない。

リディアーヌが何かを言う前にフェリクスが覆い被さり、新たな快楽を与えてくる。疲労もあって意識を失ってしまいそうになると、それを上回る強い快楽を与えられてしまう。身体がすべて溶けて、フェリクスと混ざり合うような気がした。

リディアーヌの身体を欲望のままに抱きながら、フェリクスは苦く呟《つぶや》いた。

「もっと早く、こうすればよかったんです」

どういう意味なのかを問いかけようとしても、半開きの唇からこぼれるのは喘ぎだけだ。

(どうして……フェリクスさま。こんなふうにされたら、また勘違いしてしまいます)

——好きだから、してしまう、と。

しばらくうとうとと眠ってしまっていたらしい。強い倦怠感《けんたい》を覚えながら瞳を開くと、隣にフェリクスがいた。フェリクスは起きていて、片腕にリディアーヌを抱きしめている。

じっとこちらを見つめてくるフェリクスのターコイズブルーの瞳は、恐いくらいに真剣だ。

だがそれは、リディアーヌが逃げ出さないように見張っているというよりは——恐れているように見える。

フェリクスの手が伸びて、リディアーヌの頬を撫でた。その仕草も、やはりとても優しい。

「……貴女の中で、何度も達しました。貴女はカバネル家後継者を宿しているかもしれません」

フェリクスの指がリディアーヌの唇に触れて、柔らかく撫でてくる。何度もくちづけられてぽってりと腫《は》れた唇に、フェリクスはそっとくちづけてきた。

されるがままになったあと自分の姿を改めて見れば、縛《いまし》めのリボンは解けていない。身体のあちこちにフェリクスがつけたくちづけの痕《あと》が刻まれている。

リディアーヌは急に恥ずかしくなって身を縮めてしまう。その様子が自分を拒んでいると でも勘違いしたのか、フェリクスがリディアーヌの身体にのしかかってきた。

「そんなに私を邪険にすることはないでしょう。私に抱かれて、あれほど乱れていらっしゃったのに」

「じゃ、邪険になんて……！」

そんなつもりはまったくない。リディアーヌは慌てて否定しようとするが、フェリクスはそれを聞かずにくちづけてくる。

「……ん……待、待って……」

ちゃんと話し合わなければならないと、リディアーヌはフェリクスの動きを止めようとする。だがそれも、彼にとっては拒む仕草に見えてしまうらしい。

「……貴女はよほど私から離れたいようですね」

「違います！　フェリクスさま、私の話を聞いて……あ……！」

首筋に頬を埋めて唇と舌で薄い皮膚を啄《ついば》まれる。フェリクスの大きな両手がリディアーヌの身体を撫で回してきた。

感じる場所を刺激されて、リディアーヌは喘いでしまう。このままではまた何もかもわからなくなるほどに抱かれてしまう。

だがこれだけはちゃんと言っておかなければと、リディアーヌは快楽に流されそうになるのを必死に堪《こら》えながら言った。

「待、待って下さい、フェリクスさま……！　こ、こんなことをしたら、シャブラン伯爵夫人が悲しみます……！」

「なぜここで彼女の名が出てくるのか、さっぱりわかりません。私から逃げるために、どんな策を練っているんですか？」

「策だなんて……！　だってお二人は……惹《ひ》かれ合っているのでしょう……？」

そう口にすることは、胸に痛みを与えてきた。思わず淡い涙が瞳に浮かんでしまう。

だがフェリクスは、そんなリディアーヌを冷たく見下ろす。

「本当に何を言っているのか、わかりません。私と彼女は頼みごとをしているだけの関係です。私には貴女しかいないのに、どうして他の女性に目を向けなければいけないのですか?」

静かな怒りすら感じる言葉に、リディアーヌは軽く目を見開く。フェリクスは伯爵夫人のことを、何とも思っていない……?

だがレナルドは、ことあるごとにリディアーヌにフェリクスと伯爵夫人の関係があやしいことを伝えてきた。そんなことはないと言い聞かせながらも、レナルドの警告をきっかけに、二人の仲を疑ってしまったのだ。

そしてその疑いを肯定するように、フェリクスからは夫人の残り香が感じられたり、この館に夫人が来たときの二人のやり取りには特別な親密さが見えた。

(それが、違う……?)

「でも……だって、二人で会ってるって……」

いや、自分で確かめたわけでもない。ただフェリクスと夫人が通じ合っているように見えただけだ。

「……だって……」

「夫人には、貴女との婚儀のことで協力してもらいたいことがあって、相談相手になってもらっていただけです。すべて、貴女の中で忘れられない婚儀になるように考えてのことです。そうでなければ、彼女と個人的に会うことなどありません」

フェリクスが、きっぱりと言いきる。

その先を、リディアーヌは続けることができなくなる。口ごもって俯《うつむ》くと、フェリクスが少しばかり呆れたようなため息をついた。

自分に与えられた状況と話から、判断しただけだ。何一つ確認を取らないままに疑いを持ち続けてしまったのは、フェリクスと夫人が本当に恋人関係になったのかを確認することが恐かったからだ。

「……私の……思い違い……？」

独白のように、リディアーヌの唇からそうこぼれる。フェリクスがリディアーヌの瞳をのぞき込んできた。

「私にはあのときから、ずっと貴女だけでした。他の女性など、興味はありません。貴女はいったい何を誤解されたんですか？」

「私……」

互いに想いがつながっていることは、間違いない。改めてそれを教えられて、リディアーヌは情けないやら恥ずかしいやら、ひどく居たたまれない気持ちになる。

「わた、し……レナルドからフェリクスさまと夫人が関係を持っているんじゃないかって言われて、いろいろ勘ぐってしまって……そ、それに……！　お二人の仲もよく見えたし、フェリクスさまからほんのわずかにですけど、夫人の香水の香りを感じたときもあったんです

「……！」

「ただ会っていただけでも、近くにいればかすかに移ることもあるでしょう。貴女と一緒に近くにいるときも、時折貴女の纏《まと》う香水の残り香が私に移っているときがあります。そんなときは、香りが消えるまで貴女が傍《そば》にいてくれるように思えるものです」

「え……？」

そんなことがあったなど、まったく気づかなかった。フェリクスはため息をつく。

「ですから、まったくの勘違いです」

呆れたようにきっぱりと言いきられて、リディアーヌはますます居たたまれなさに身を縮めてしまう。

「ご、ごめんなさい……」

謝って済むとは思えないほどのフェリクスの怒りようだったが、今はそれしか口にできない。だが、想いはつながっているのだ。ならばもっとちゃんと話してこのすれ違いを正せばいい。

「フェリクスさま、あの……んっ！」

謝罪をし、自分の気持ちを改めて伝えようとした唇は、しかしフェリクスの唇によって塞がれた。呼吸すら飲み込むような深いくちづけを与えられてしまう

「……ん……んん、フェリクスさま……っ」

熱く息をついて唇を離すと、フェリクスは背筋がぞっとするような冷たい声で続けた。

「思い違いをしていようといまいと、もう関係ありません。貴女が私の傍から離れる可能性が少しでもあるのならば、こうしていた方が私が安心します」

「あ……フェリクスさま、聞いて……っ！　私もフェリクスさまのことが好きです……っ」

自分たちの間に生まれた誤解をきちんと解いておかないと、もっとこじれてしまうような気がする。リディアーヌは必死に自分の想いを伝えるが、フェリクスには届かない。

リディアーヌの脚を開き、蜜壺の中に高ぶった男根を打ち込みながら、フェリクスは小さく笑った。

「この状態から逃げ出すためにおざなりで言っても、意味はありませんよ」

「そんなこと……ああっ!!」

「私が貴女をどれほど愛しているのか、もっとわかってもらわなければなりませんね」

フェリクスがリディアーヌの上体を抱き起こす。つながったまま自分も身を起こせば、二人で向き合って座位の格好で抱き合うことになる。自重も加わってフェリクスの男根が奥深くまで入り込み、リディアーヌは目を見開いた。

「……あ……深ぁ……」

「……ええ……ですが、貴女の中の締めつけは、素晴らしい……。私のものを、食いちぎってしまいそうですすよ」

フェリクスが感じ入った声でそう言い、力強く腰を突き上げ始める。上下に揺さぶり上げられ、ぐっぐっ、と蜜壷の一番奥を容赦なく貫かれ、リディアーヌはフェリクスの身体にしがみついた。

互いの胸が擦れ合い、それも互いの快感を高めていく。これ以上は無理だと思っても、リディアーヌの身体はしなやかに応えてフェリクスが与える様々な愛撫を受け入れてしまう。

(だって、私はフェリクスさまが好きだから)

そしてフェリクスも、痛いほどに自分を求めてくれている。なのにどうして、すれ違ってしまうのだろう？

「もっと早くに、こうすればよかったんですね。貴女が私から離れていかないように……」

「あ、あっ！　駄目……壊れ、ちゃ……」

全身ががくがくと揺さぶられるほどの激しさに、リディアーヌは快楽に溺《おぼ》れて気が狂いそうな感じを覚えてしまう。だがフェリクスは、リディアーヌの身体を離すことをしない。

「はじめから、こうしていれば……」

何処にも逃げないように閉じ込めて縛めて。フェリクスの囁《ささや》きはどこか狂気じみてさえいて、リディアーヌの心を虚《むな》しくさせる。

「私は……フェリクスさまのことが……好き……」

フェリクスへの想いを口にするが、それは喘ぎに掠《かす》れて上手く伝わらない。フェリクスはリディアーヌの身体を抱きながら、微笑んだ。

「私の方がずっとずっと貴女を好きですよ」

こんなことを、してしまうほどに。フェリクスのその想いが言外から伝わってくるが、リディアーヌは与えられる快楽に飲み込まれ、何も言い返すことができなかった。


その日から、リディアーヌの生活のすべてはこの小さな部屋の中だけになってしまった。召使いですら滅多なことでは室内には入れず、リディアーヌの世話はフェリクスがすべてしてくれる。着替えも入浴も食事も、だ。

このままではいけないとわかっているものの、どうしたらいいのかわからない。召使いたちも見て見ぬふりをしているため、彼女たちに助けを求めることすらできなかった。

何をするにもフェリクスの目があり、窓辺に近づくことさえままならない。

(このままじゃ、いけないのに……)

「さあ、リディアーヌ。口を開けてください」

午後の茶の時間、フェリクスはたっぷりの生クリームでコーティングされたケーキをフォークで切り分けて食べさせてくれる。小さな子供ではないのだからと思うものの、フェリクスはリディアーヌを構うのが楽しいらしく、ともにいるときは始終楽しげだ。……いや、安心している、という感じだった。

躊躇《ためら》いながらも口を開くと、フェリクスが口の中にケーキの欠片《かけら》を入れてくれる。だが切り分けが少し大きかったようで、口端に生クリームがついてしまった。

これこそ小さな子供のようだと慌ててナプキンで拭おうとすると、フェリクスが当たり前のように頰を寄せてくる。生クリームを舌で舐め取ると、次はリディアーヌにくちづけてきた。

口中の甘味を確認するかのように、フェリクスは舌を蠢《うごめ》かせてくる。呼吸が乱れるほどに激しく深いくちづけを与えたあと、唇を離してフェリクスは笑った。

「貴女好みの味ですね」

「こ、んな……食べ方をしなくても……」

「私は今はあまり空腹ではないので、味見程度でよかったんです」

それが当然と言わんばかりに、フェリクスは答える。止めるつもりはないことがいやでもわかって、リディアーヌは口をつぐんだ。

フェリクスの傍を離れなければ、具体的な拘束はない。ベッドに縫いつけるためのリボンも、今はなかった。だが少しでも逃げる仕草を見せたら、縛《いまし》められる。

自分の欲望のままに拘束してくるのならば、フェリクスを嫌いになれたかもしれない。だがそうしなければ安心できないという感じがするから、リディアーヌは困ってしまう。

「お茶をどうぞ」

フェリクス自らいれてくれた茶のカップを受け取って、リディアーヌは言う。

「フェリクスさま、私、フェリクスさまが好きです」

「はい、ありがとうございます、リディアーヌ」

よく知る優しくて穏やかな微笑と声で、フェリクスはそう答える。だが、ターコイズブルーの瞳に笑みはなく、リディアーヌの言葉を本当は信じていないことがわかる。

想いは大きさや深さがはっきりと目に見えないが、フェリクスが自分に向けてくれるものの方が大きすぎて、自分の気持ちを信じてもらえないのかもしれない。

夫人との間柄を誤解してしまったことも、原因の一つに思えた。だからこそ、恥ずかしさを堪えて、リディアーヌは想いを伝える。だが、届いていない。

(どうしたら、いいのかしら……)

解決策が見つからない。それが、リディアーヌの表情を暗くさせる。

それに普通、こんなことをされたらフェリクスを責め立て、嫌いになったと言うだろう。

だがリディアーヌには、どうしてもその気持ちが湧いてこなかった。

豹変《ひょうへん》したフェリクスの一面はリディアーヌには予想もしていなかったことだったが、こんなにも想いの深い人なのだと知って、自分の想いも深まったのだ。その想いを向けられるのが自分なのだとわかれば、嬉しくてたまらない。

だからこそ、自分もフェリクスを新たに深く好きになったのだと、わかってもらいたい。

(でも、いくら好きだと言っても伝わらない……)

フェリクスがそれを、信じてくれていない。今の状況から脱するためのおざなりの言葉だと、勘違いしている。

(どうしたら……どうしたらいいの……)

「……リディアーヌ、どうしました？」

「い、いいえ、何でも……」

フェリクスは鋭く突き刺すようにリディアーヌを見返してくる。何だか尋問でもしてきそうな感じだ。リディアーヌは何とか上手く流してもらえそうな理由を考える。

そのリディアーヌをまるで助けるかのように、扉がノックされた。

フェリクスが立ち上がり、扉へ向かう。遠慮がちに姿を見せた召使いから手紙を受け取ると、フェリクスは再び戻ってくる。

「リディアーヌ、ルリジオン殿下からです」

「兄さまから……!?」

今のリディアーヌにとっては、久しぶりの外の世界だ。

いそいそと手紙を受け取って、早速文面を確認する。フェリクスが少し不機嫌そうな顔になったが、リディアーヌは気づかなかった。

まだ兄のもとを離れてそんなに経っていないに、ひどく懐かしくて泣きそうになる。兄に、フェリクスのことを相談したかった。

『元気にしてるか？　フェリクスも長期休暇を取っているからか、何だか寂しいな』

そんな出だしから始まって、ルリジオンはリディアーヌの近況を尋ねてくる。同時に、王城側の婚儀の準備も着々と進んでいるとのことだった。

貴族会議で承認が下りたから、またこの先を煮詰めるためにも一度フェリクスと一緒に王城に来いというものだった。

（ど、どうしよう……）

今の状態では絶対にフェリクスはリディアーヌを館の外に出すことはしないだろう。だがここで行かないと返事をしたら、ルリジオンはとても心配する。

「殿下からは、何と？」

手紙を読み終わったあと表情を曇らせてしまったリディアーヌを見て、フェリクスが気遣うように問いかけてくる。このときばかりはフェリクスも、以前と同じように心配してくれていた。

「あ、あの、兄さまが一度、王城に戻ってきなさいと……」

リディアーヌはフェリクスに手紙を見せる。素早く文面に目を通したフェリクスは、しかしすぐに何でもないことのように笑った。

「大丈夫です。質《たち》の悪い風邪にかかってしまい、そちらには伺《うかが》えないと返事をされればいいんです」

リディアーヌの予想通り、やはりフェリクスはこの館から自分を出すつもりはないらしい。

「リディアーヌの返事を持って、私が出仕します」

「で、でも、二人で来てと言われているのに……」

「そこは私が上手くお話ししましょう。とにかく、貴女が館を出る必要はありません」

淀《よど》みない言葉に、リディアーヌの反論が入り込める隙間はない。フェリクスは自ら席を立って羽ペンと便箋《びんせん》を取りに行き、リディアーヌの前に置いた。

「さあ、リディアーヌ。今、私が言ったような返事を書いて下さい」


リディアーヌの返事を持って、フェリクスは王城へと出仕した。日数的にはそんなに不在にしているわけではなかったのだが、すれ違う者たちから次々と声をかけられてしまい、なかなかルリジオンのところに行くことができなかったほどだ。

呼びかける者たちの中にはシリルもいて、こちらは別室で『報告』も兼ねてちゃんと話の場を設《もう》ける。

二人きりになれば、気さくな仲だ。シリルは親友の口調でリディアーヌの様子を聞いてくる。フェリクスには、それが気に入らない。

「なぜ、君がリディアーヌのことをそんなに気にするんですか」

「いやリディアーヌさまの様子は前にも聞いてるよ？　今日に限ってどうしたんだよ。何か、気が立ってる？」

「彼女は私の妻になる人です。色目を使うなら殺します」

ひどく物騒なことを、フェリクスは当然のように言う。シリルは何かに思い至ったのか、フェリクスが持っていた手紙に視線を止めた。

「ちょっと見せてね」

不意打ちを狙ってシリルは手紙を奪い取り、封蠟《ふうろう》をしていないのを幸い、勝手に中身を見てしまう。

本気を出せばシリルに手紙を取らせなかったが、さすがにここで互いに剣を抜くわけにはいかない。フェリクスは仕方なくシリルが手紙を読み終わるのを待つ。

手紙を読み進めていくにつれて、シリルの表情が厳しく強張ってきた。

「ねえ、フェリクス。何だかこれ、嫌な感じしかしないんだけど。質の悪い風邪って何？」

「言葉通りです。だからリディアーヌはここには来れなかったんです」

「この間お会いしたリディアーヌさまには、そんな様子は欠片も見られなかったよ！　お前、リディアーヌさまに何かしたんでしょ!?」

「……さすがシリル。私の親友をだてにやっているわけではないんですね」

フェリクスが、ひどく感心したように言う。シリルはフェリクスの胸ぐらを掴み寄せた。

「フェリクス、何をしたの？」

隠したところでシリルならば答えを自力で見つけ出してしまうだろう。フェリクスは抵抗を止め、淡い微笑を浮かべながら答える。

「私の傍から離れないよう、館から出るのを禁じているだけです」

シリルの瞳が、大きく見開かれた。信じられないというようにまじまじとフェリクスを見返して真意を確かめているようだ。

フェリクスの微笑がまったく変わらないのを認めると、シリルは大きく息をついて手を離す。フェリクスは乱れた団服の襟元を直した。

「ねえ、わかってんの……？　そんなこと、していいわけないだろ！」

「大切な人を、この上なく大切にしているだけです」

「勘弁してよ、なんなのそれ！　女が初めてみたいな青くさいこと言ってんのと同じじゃない！」

「初めてですから、仕方ありません」

「……は？」

フェリクスの新たな言葉に、シリルが大きく目を見開く。

「初めてって……本当に？」

「本当に。女性にくちづけるのも抱くのもリディアーヌが初めてです。私の初恋ですから」

「初恋って……お前、自分をいくつだと思って……」

驚きから呆《あき》れの顔になったシリルは、やがて近くの椅子にどっかりと座った。

「リディアーヌさまも、とんでもない男に好きになられちゃって……」

「でもリディアーヌは私のことを好きだと言って下さいます」

シリルは手紙を元通りに戻しながら言う。

「相思相愛じゃない。だったらそんなに独占欲剥き出しにすることもないだろ？」

「……」

シリルは答えに詰まってしまう。フェリクスの気持ちが、わからないわけではないらしい。

「頭ではわかっているんです。でも、不安です。あの人を、手放したくない」

「けどさ。好きだ好きだばっかり言うのは、単に自分の我が儘を押しつけてるだけと同じじゃないの？」

今度はフェリクスが口ごもってしまう。

シリルの言葉が正しいことを、フェリクスもよくわかっているのだ。だが、溢れる想いをどうすればいいのかわからない。

「……初めて、好きになったひとなんです……」

途方《とほう》に暮れたように、フェリクスは呟く。それが親友の偽《いつわ》りない本音だとわかっているからこそ、シリルはたまらないというように髪をかき回した。

「なんなの！　こそばゆいからやめて！　鳥肌立ってくる！」

フェリクスが、むっとしてシリルを睨《にら》みつける。シリルは大きく息をついた。

「とりあえず、リディアーヌさまとはもっとちゃんとよく話し合ってよ。お前のそういう情けないところも、残さずちゃんと言うこと！」

「嫌です。リディアーヌに嫌われたらどうするんですか」

シリルは無言で片腕を上げ、ぽかりとフェリクスの頭を殴りつける。痛みはほとんどない冗談の拳だ。

「……今回の件がきっちり片ついたら、ちゃんとやってね」

確たる約束はせずに、フェリクスは形のいい眉を寄せる。

「レナルドが彼女に目をつけてるのはやはり間違いないようです。リディアーヌは私とシャブラン夫人とのことを変に誤解していました。……何か吹き込んでますね」

「目の付け所は確かにいいんだけどね。リディアーヌさまを盾にされたらお前、とんでもなく腑《ふ》抜《ぬ》けになっちゃうだろうし」

「腑抜けになんてなりませんよ。殺人犯になるだけです」

「……」

シリルはそれに関してはもう口にしない。フェリクスは思案げにターコイズブルーの瞳を曇らせた。

「ただ、ここ最近は妙におとなしいのが気になります。……何か、とんでもないことをしそうで……」

優しい香りのサシュが枕元に置いてある。フェリクスがリディアーヌのために用意してくれたものだ。フェリクスに壊れるのではないかと激しく愛されたあと、この優しい香りに包まれて眠る。

自分を愛するときは容赦がないと思えるほどなのに、そのあとは包み込むような優しさを与えてくれた。……フェリクス自身も想いを持て余してしまっているように感じるのは、都合がよすぎるだろうか。

(このままだと、駄目な気がする。少し距離を取って、冷静になってもらわなくちゃ……)

だがこの館から出ようとしても、召使いたちがさりげなく阻《はば》んできてできない。せっかく兄の手紙をきっかけにして出ていけそうだったが、それもフェリクスに阻まれてしまった。

リディアーヌはぼんやりとベッドの端に座って、フェリクスの帰りを待つ。……帰ってきたら、また抱かれるのだろうか。

そう考えると、身体の奥にざわめくような疼《うず》きが生まれてくる。

フェリクスに求められることが、女として嬉しい。自分もフェリクスのことが好きだから、余計だ。

（……まだお帰りにならない……）

兄へ返信の手紙を持って王城に行ったフェリクスは、まだ帰ってこなかった。長期休暇中とはいえ、王城で姿を見られたら何かと声がかかってしまうのかもしれない。

（今夜は、一人かしら……）

「あの……リディアーヌさま」

少し焦った執事の声がノックとともに届く。リディアーヌが許可の声を上げると、彼は青ざめた表情で姿を見せた。

いつもと違う様子を否応《いやおう》なく感じ取って、リディアーヌは立ち上がる。

「どうしたの？」

「その……ルリジオン殿下のお使いがお見えになられまして……殿下がお怪我《けが》をされたと」

「兄さまが!?」

予想もしていなかった知らせに、リディアーヌも青ざめてしまう。もしかしてフェリクスの帰りが遅いのは、そのせいなのかもしれない。

「王城にお送りしますと、待っておられるのですが……」

「もちろん、行きます！」

「し、しかしリディアーヌさま、フェリクスさまの許可もないのに……」

執事が、リディアーヌを引き留めようとする。かすかな怒りを感じながら、リディアーヌは言った。

「主人がいなければどうするのかの判断をするのは貴方の役目でしょう。言われたことしかできないの？」

凛とした叱責に、執事も反論できない。

「お、おっしゃる通りです……ですがリディアーヌさま、お一人では行かないで下さい。誰か傍付きの者を……」

ちょうどそのとき、リディアーヌのために茶を持ってきた召使いがやって来る。執事は彼女から銀トレーを取り上げて、リディアーヌの前に押し出した。

突然のことに戸惑《とまど》いを見せながらも、彼女は状況から自分がしなければならないことを瞬時に理解したようだ。

「リディアーヌさま、お連れ下さいませ！」

「わかりました。すぐに行きます」

走り出してしまいそうになりながら、リディアーヌは彼女を連れて待っていた馬車に乗り込む。扉を閉める前に、執事が同行の召使いに言った。

「リディアーヌさまをお守りするように」

召使いが強く頷《うなず》く。なぜそんなことを彼が言うのかわからないまま、馬車の扉は閉まり、走り出した。

(兄さまは大丈夫かしら……)

自分が呼び出されるなんて、大変な怪我なのだろう。兄のことが心配で、リディアーヌは険しい表情のまま、無言になってしまう。

召使いがそんなリディアーヌを励ましてくれた。

「リディアーヌさま、大丈夫です。殿下は絶対にご無事です!」

(駄目よ、私が動揺してどうするの)

自分は今ここで、彼女の主だ。うろたえてしまっては、彼女も動揺させてしまい悪循環だ。

リディアーヌは笑顔を見せる。

「そうね、きっと大丈夫ね。ありがとう」

リディアーヌの笑顔を見て、召使いは嬉しそうに笑った。その笑顔で、リディアーヌは思う。

(そうだわ。私はフェリクスさまの妻になるんだもの。騎士団団長の伴侶として、しっかりしなければ)

自身にそう言い聞かせて、リディアーヌは背筋を伸ばす。そして何気なく馬車の窓から外を見て――異変に気がついた。

馬車は、王城に向かっていない。どこに向かっているのかまではわからなかったが、少なくとも王城に向かっていないことはわかった。

(どういうこと……!?)

「……リディアーヌさま、あの……馬車のスピード……上がってませんか?」

召使いが少し警戒した声で問いかけてきた。身体に伝わってくる揺れは、確かに同じことを感じている。

以前に誘拐されたときのことが甦《よみがえ》って、リディアーヌは小さく身を震わせた。

「……もしかしたら、これから大変なことになるかもしれないけど……気を強く持って」

リディアーヌの言葉に、召使いは顔を厳しくさせた。何が次に起こるのか、予想がついたようだ。

「……リディアーヌさま……大丈夫です。フェリクスさまにも言われています。リディアーヌさまは必ずお守りします」

「……え……?」

直後、馬車が急停車する。

「きゃ……!」

召使いがリディアーヌの身体を抱き留めて、床に転がってしまった。

召使いの身体をクッションにしてしまったことに気づき、リディアーヌは慌てて起き上がるのを手伝う。

「大丈夫⁉」

「あたた……私は平気です！　リディアーヌさまは⁉」

「貴女のおかげで大丈夫よ。ありがとう」

リディアーヌの手を借りて彼女は起き上がり、笑う。やはり自分を狙った誘拐か。だがルリジオンの名を騙《かた》ってくるとは。

（もしかして、兄さまのことは偽り……⁉）

偽りならば、その方がいい。そう願うリディアーヌの背後で、馬車の扉が乱暴に開いた。身を起こした召使いが、リディアーヌを背後に身を挺《てい》して守ってくれようとする。その胸元に、きらりと光る刃が見えた。

リディアーヌは召使いとともに、息を吞む。そして刃の持ち主をゆっくりと見返した。

見知らぬ男が二人。地味で目立たない格好をしているが、こちらを見つめてくる瞳には、隙が一切ない。同時に容赦のなさもある。

間違いなく、その手のことを生業《なりわい》にしている者たちだ。

「リディアーヌさま、私の背中から出ないで下さいね……‼」

胸元に突きつけられる刃に身を震わせながらも、召使いは言う。リディアーヌが何か答えるよりも先に、男の一人が言った。

「おとなしく言うことを聞いて下さい」

脅《おど》しはない。だからこそ、余計に恐怖がやって来る。

だが責任感の強い召使いは、リディアーヌを助けようと必死だ。

「貴方たち、リディアーヌさまに妙なことをしたら……!!」

「駄目……っ」

召使いの勇気はとても嬉しかったが、この状況ではすぐに彼女の命の危険につながってしまう。だがリディアーヌが慌てて止めるよりも早く男の刃が動いて、彼女の頬に薄い傷が生まれていた。

召使いは恐怖で身を強張らせ、大きく目を見開く。リディアーヌは慌てて言った。

「おやめなさい！　貴方たちの言うことを聞きます！」

もう一人の男が懐《ふところ》に手を入れ、そこから小さな小瓶を渡した。

「それを飲んで下さい」

中に入っている液体が毒なのかそうでないのか、リディアーヌには判断できない。だが言う通りにしなければ、二人とも殺されるのだろう。

リディアーヌは小さく震える手で小瓶を受け取った。

「リディアーヌさま……!!」

（毒だったら……フェリクスさまにはもう二度と会えないんだわ）

そう考えると、胸の奥がきゅっと痛んだ。自分から離れた方がいいと考えていたのに、とリディアーヌは自嘲《じちょう》する。

（だって一生会えなくなるわけじゃなかったから。……馬鹿だわ、私）

リディアーヌは小瓶の蓋を開ける。

「フェリクスさまに伝えてね。私はフェリクスさまが憧れの人でとても好きで……妻として求められて、とてもとても嬉しかったんですって」

「リディアーヌさま、いけません……!!」

リディアーヌは召使いが止めようとする前に、小瓶の中身をあおった。

ひんやりとした感触が、喉を滑り落ちていく。体内にその冷たさを感じた直後、視界が霞《かす》んだ。

（やっぱり……毒……？）

もう二度とフェリクスには会えない。それをとても寂しく感じながら、リディアーヌは意識を失った。

【5】


意識が浮上したとき、リディアーヌは全身を柔らかく心地いい感触に包まれていた。天国はこんなふうに居心地がいいのだろうかとぼんやり思いながら、瞳を開く。

視界に映り込むのは、リディアーヌが予想していた異世界のような造りの部屋ではなく、ごく普通のそれなりの身分のある貴族の館の一室だった。

リディアーヌが横たわっていたのは、普通のベッドだ。

(どういうこと!?)

自分はルリジオンの使いを騙《かた》った者に何か薬を飲まされて、意識を失った。毒だとばかり思っていたものは、単に意識を奪うだけのものだったのか。

見れば、両手首を縄で一つに纏《まと》められている。後ろ手でなかったことは嬉しいが、きつい。手をいろいろと動かしてみるがひりつく痛みがやって来るだけで、解《ほど》ける様子はまったくなかった。

誘拐されたならば、すぐに命を奪われることはないだろう。だが、王族に対して何らかの要求がされることになる。自分のせいで誰かに迷惑をかけてしまうことが、胸に痛かった。

（だったら早く逃げ出さないと……）

同行してくれた召使いのことも気になる。リディアーヌは室内を見回し、まずはドアが開くかを確認した。予想通り鍵がかかっていて、出られない。

ならば窓は、とレースのカーテンを開けようとしたときドアの鍵が開く音がした。リディアーヌはハッとして手を止め、ドアへと目を向ける。

これから対峙《たいじ》するのは、自分を誘拐した犯人のはずだ。恐い。膝が少し震えているが、弱味を見せればつけ込まれる。

リディアーヌは自分の心を叱咤《しった》して、ドアが開いていくのを厳しい瞳で見つめた。

だがその瞳は、姿を見せた『犯人』を認めて大きく見開かれてしまう。堅物、生真面目、という言葉が一番よく似合っている見知った男が、入ってくる。

「……レナルド……!?」

「ご気分はいかがですか、姫さま。手荒なまねをお許しください」

丁寧に謝罪はしているものの、誠意は伝わってこない。リディアーヌはまだ驚きに目を見開いたまま、言った。

「貴方が私を……!?　どうして!?」

「貴女を手に入れることが、一番あいつに堪《こた》えるからです」

「……何を言っているのかわからないわ。あいつって誰のことなの!?」

状況に心がついていかず、軽い混乱状況に陥《おちい》ってしまう。叱《しか》りつけるように問いかけると、レナルドは大きく息をついた。

「混乱されるのも仕方ありません。お話ししますから、ひとまずどこかにお座りになって下さい」

なんだか釈然としないが、確かにその通りだ。リディアーヌも一つため息をついて、ひとまずベッドの端に腰を下ろす。この部屋にはベッドしかなかったのだ。

レナルドはそんなリディアーヌの前に歩み寄り、こちらを見下ろしてくる。相手が立ったままのため、なんだかひどく威圧的に感じられた。

「姫さま、貴方は団長に利用されているだけだとお伝えしませんでしたか?」

「……ええ、聞きました。でもそれは、間違った情報です。フェリクスさまは私のことを好きでいて下さっています。貴方の解釈は、間違っているのよ」

きっぱりと言いきると、レナルドの顔が歪《ゆが》むように笑った。

その表情に、リディアーヌは恐怖に似た感覚を覚える。いつもの彼とは違うように思えて、リディアーヌは息を詰めた。

「……すっかり団長に染められてしまいましたか」

レナルドの言葉には、苛立《いらだ》ちと怒りが含まれている。リディアーヌは次の言葉を続けられずに沈黙するだけだ。

「団長に関わると皆、あの男に好意を持つようです。それを人は魅力と言うようですが、私にしてみれば人に媚びを売っているだけです。ただそれを、誰にもわからないようにしているだけです」

「……レナルド……それは……」

「あの男はいつもそうだ……！　飄々《ひょうひょう》と何でもこなして、常に私の前を行く！　あの男のせいで、私は団長になる機会を失ったんだ！」

徐々に乱暴になっていく言葉には、隠しようのない怒りが表れていた。

（それは嫉妬？）

「あの男が功績を立てなければ！　あいつが団長になる前に私が団長になれた！」

「レナルド、落ち着いて……」

リディアーヌはレナルドの怒りが頂点に達することを恐れて、そっと声をかける。だが逆効果だったようだ。レナルドの手がリディアーヌの肩に伸び、ぐっと強く摑んできた。

痛みに、顔がしかめられる。だが文句を口にすることはできなかった。

「しかもあの男は、こちらが嫌がらせをしてもまったく堪えん！　それがどうしたというくらいだ。その態度も苛つく！」

（嫌がらせ……!?　そんなことを、フェリクスさまにしていたの!?）

これは、子供の苛立ちと一緒ではないか。自分が気に入らない相手を陥《おとしい》れるために、苛《いじ》めをする。だが苛めていた相手が堪えないとさらに苛つきを高めて、攻撃を強める。我が儘な子供の怒りと一緒だ。

フェリクスをそんな対象にしていたのかと、リディアーヌの中にレナルドへの怒りが生まれてきた。

「……レナルド……貴方、それは子供の我が儘と同じです。自分の気に入らない相手が膝を折らないからと攻撃するなんて……！　貴方は本当に騎士ですか!?」

「騎士です。ちゃんと叙任《じょにん》していますから」

堂々とそう答えて、レナルドはリディアーヌの肩を掴む手にますます力を込める。痛みがまた強くなり気が遠くなりそうだったが、リディアーヌは何とか耐えた。

「私が個人的な理由だけで団長に攻撃をしていると思われているのでしたら、姫さまは浅はかです。他に、ちゃんと理由があります」

「……どういうことですか……？」

「あいつを嫌っている相手は私だけではないんですよ、姫さま。もともと団長は、私以外にも敵がいました」

「どうして……!?　あんなに優秀な御方を……!!」

「優秀だからこそ、ですよ」

レナルドの唇に、歪んだ笑みが浮かべられる。

「団長は民の人気も高く、ルリジオン殿下との親睦《しんぼく》も深い。それが貴女の夫となることで、王族の外戚になる。……団長に権力が集中することを恐れている輩は、貴女が思う以上に多くいるんですよ」

「……そんな……」

王族である以上、綺麗ごとばかりではいられないことも知っている。だがこうもはっきりと悪意を見せつけられると、リディアーヌは言葉を失った。

「ですが貴女のことになると、あいつも少し様子が変わったように見えました。貴女があいつの弱点なのでしょう」

「……私、が……」

レナルドが、肩を掴む手にさらに力を込めた。新たな力を加えられて、リディアーヌはベッドの上に仰向けに倒れ込んでしまう。

何か本能的な危機を感じて、リディアーヌはすぐに身を起こそうとする。だがレナルドは、すぐさまリディアーヌの上に覆い被さってきた。

「……何……!?」

自分の身体にのしかかってくる重みは、フェリクスのものしか知らなかった。リディアーヌは恐怖で身を震わせてしまう。

「……や……っ!!」

フェリクス以外の男にこんなことをされるのが、気持ち悪い。しかもレナルドは、リディアーヌの唇にくちづけようとするかのように顔を近づけてくる。

レナルドも、端整な面立ちをした騎士だ。生真面目で融通が利かないが、それなりに女性に注目される騎士の一人である。だがリディアーヌには、おぞましさしかやって来なかった。

「姫さま。団長などはやめて、私の妻になりませんか」

「……な、にを……?」

「言葉通りです。私と結婚して下さい。貴女を手に入れれば、あの男は相当悔しがるでしょう」

愛情など何もなく、ただフェリクスに勝ちたいがために自分を求めてきていることを、否応なく教えられる。

フェリクスに求められたときは、彼自身が持て余してしまうほどの愛情をぶつけられた。それとはまったく違う。

(こんな求婚……受け入れられるわけがないわ……!!)

自分を単なる物としてしか扱《あつか》っていない。リディアーヌはまっすぐにレナルドを見返し、強く言い放った。

「お断りいたします。私のすべてはフェリクスさまのものです。心も身体もすべて、フェリクスさまに捧げました。貴方に差し上げられるものは何一つありません。貴方のものには、絶対にならないわ！」

「……っ!!」

レナルドの顔が、怒りに歪んだ。

「そうですか。では、無理矢理にでも」

レナルドの手が、リディアーヌのドレスの襟元を掴む。力を込められると縫い目が裂け、前ボタンが飛び散った。

「いや……!!」

何をされるのか、本能的に悟る。リディアーヌは声にならない悲鳴を上げ、懸命にレナルドの手から逃れようとした。だが、男の力に勝てるものではない。

加えて手首を縛められている。思うように動けない。

(フェリクスさま以外の人に……絶対に、嫌……!!)

「……リクス……さま……っ」

涙で濡れた声で、リディアーヌは叫んでいる。

「フェリクスさま……フェリクスさま!!」

「その名を呼ぶな!!」

さらに逆上させてしまったらしく、レナルドは懐《ふところ》からナイフを取り出した。

「……ああ、そうだ。貴女を殺したら、団長は廃人になるかもしれませんね。貴女のことを、相当気に入っているようでしたから」

「……っ!!」

ナイフが、リディアーヌの心臓に向かって振り下ろされる。リディアーヌは瞠った目を閉じることもできずに、身を強張らせた。

直後。

「――リディアーヌ!!」

突然ドアが蹴り破られ、そこからフェリクスが姿を見せた。

団服は乱れて、所々が刃で裂かれていた。皮膚まで達したものもあったらしく、真っ白い布地には赤い血の色も滲《にじ》んでしまっている。ひどく荒い呼吸を繰り返しているところを見ると、ここに至るまでにいくつかの戦いがあったのだろう。

フェリクスの姿を認めて、リディアーヌは思わず歓喜の笑みを浮かべる。同時にレナルドの方は、驚きに瞳を大きく瞠った。

「フェリクスさま……!!」

「馬鹿な……っ!!　待機していた奴らはどうした!?」

フェリクスはそれには答えず、ベッドの上の現状に瞳を冷たく眇《すが》めた。

「君は……私の妻に何をしているんです」

「……っ」

背筋が凍りついてしまうほどに低い声に、レナルドがすぐさま身を起こす。体勢を立て直してフェリクスに斬りかかろうとするが、それよりも早く、フェリクスが疾風《しっぷう》のごとく動いていた。

あっという間にレナルドに肉迫したフェリクスは、片手で彼の襟元を掴んだ。強い力でレナルドを壁に叩きつける。

背中に与えられた衝撃と痛みに、レナルドが咳き込んだ。だが、騎士として鍛えられた身体はすぐに体勢を立て直し、フェリクスに斬り込んだ。

「このままここで……殺してやる……!!」

「それは私の台詞《せりふ》です！」

次々と斬りつけられるナイフをすべて受け流したフェリクスが、変わらない冷たい声で言いきった。直後、レナルドへ一歩を踏み出しながら、剣で利き腕に斬りつける。

ナイフでフェリクスの刃を受け止めたレナルドだが、こちらの力の方が強い。そしてフェリクスには容赦がなかった。

利き腕に、刃が深く入り込む。

「……ぐ、あ……あっ!!」

鮮血が吹き出し、レナルドの利き腕を真っ赤に染めた。フェリクスはそれを冷ややかに見下ろす。

「殺すのは、やめましょう。リディアーヌの前ですから。ですが、筋は絶たせていただきました。君はもう二度と、剣を持てない」

剣を持てない。それは騎士としての致命傷だ。レナルドはもう騎士でいることができない。

レナルドが、愕然《がくぜん》と目を見開く。その瞳が絶望に染まっていく。だがフェリクスは同情どころか興味すら失ったようにレナルドに背を向けると、ベッドに身を起こしたリディアーヌに向かって走り寄ってきた。

「リディアーヌ！　無事ですか⁉」

フェリクスの剣が、手首の縛《いまし》めを切ってくれる。両手が自由になり、リディアーヌはほっと息をついた。

「……フェリクス、さま……」

恐くて、今すぐにでも泣いてしまいそうだ。それを堪《こら》えて、リディアーヌは淡く微笑みかける。

「フェ、フェリクスさまが助けて下さったから……私は大丈夫、です……」

「……リディアーヌ。ここで我慢をする必要はありません」

フェリクスが上着を脱ぎ、それでリディアーヌの肩を包み込んでくる。ぬくもりが感じられ、思った以上の温かさに涙腺が緩んだ。

「……ふ……っ」

声を殺して泣き出してしまったリディアーヌを、フェリクスがそっと抱き上げる。大切に腕の中に包み込まれて、リディアーヌはその胸に顔を伏せた。

(ああ……フェリクスさまが、助けて下さった……!!)

だからもう安心だ。その安堵《あんど》感も、リディアーヌの涙になって瞳から溢れ出す。

「さあ、帰りましょう。こんなところには一秒でも長くいてはいけません」

「……貴、様……このままで、済むと思うなよ……！　お前の敵は、俺一人ではないんだからな……!!」

腕の傷を押さえながら、レナルドが憎々《にくにく》しげな声を上げる。フェリクスはそんなレナルドを、冷たい視線で見返した。

「君は私の一歩先を行っていたと思っていたようですがね。私を陥れようとする反乱分子が誰なのかは、すでに調べ上げて裏を取っています。ただ決定的な要素がなかったから、捕えるために動けなかったんです。ですが、今回の件がその要素になります。王女誘拐に荷担した君の仲間たちは、しかるべき罰を受けるでしょう」

レナルドが、茫然とする。

フェリクスはレナルドを取り残し、リディアーヌを抱いたまま部屋を出る。リディアーヌは無自覚のまま、フェリクスの胸にすがりつくように頬を寄せていた。

部屋を出れば廊下で、自分たちが進む先からシリルが姿を見せる。こちらも細かな傷を負っていたが、心配はなさそうだ。ただ、フェリクスよりも息が上がっているが。

「フェリクス！　リディアーヌさまは無事!?」

「はい、ごらんの通りです」

「よかった……!!　じゃあ、一発殴らせて」

フェリクスが何か答えるよりも先に、シリルがぽかりとフェリクスの頭を殴る。さほど痛みを感じない拳を与えたあと、シリルは大きく息をついた。

「ザコを全部僕に任せないでよ！　大変だったんだからね!?」

「君なら大丈夫だと思っていましたから。後片づけも頼んでいいですよね？」

「お前……僕の文句をちゃんと聞いてないね……？」

シリルの頬に、少々ひきつった笑みが浮かぶ。フェリクスはにっこり笑って続けた。

「リディアーヌを早く休ませてやりたいだけです」

「わ……私は大丈夫ですから……」

リディアーヌは慌ててそう言う。もう涙も止まって、心もフェリクスのおかげでだいぶ落ち着いた。

だがリディアーヌの顔を見たシリルは、当然のように頷《うなず》いた。

「そっか、それなら仕方ない。ここは任されたよ」

「ありがとうございます、シリル」

フェリクスはそう言ったあと、リディアーヌを改めて見下ろして、微笑んだ。

「さあ、帰りましょう、リディアーヌ」


「リディアーヌさま！　ご無事で……!!」

館に戻ったリディアーヌとフェリクスを、召使いたちが出迎えてくれる。皆一様に安堵した顔をして、ずいぶん心配してくれたことがわかった。

リディアーヌは集まってくる召使いたちの中に、自分を守ろうとしてくれた彼女の笑顔を見つけて、安堵した。

「貴女……！　よかった、無事だったのね！」

リディアーヌの前に進み出た彼女は、嬉しそうに笑って強く頷いた。

「はい！　フェリクスさまたちに助けていただいて、無事にお館に送っていただきました」

「そうだったの……あのときは私を助けようとしてくれて、ありがとう」

リディアーヌから礼を言われて、彼女は恐縮しながら慌てて首を振る。

「そんな……!!　リディアーヌさまはこれからフェリクスさまの奥方さまとして、私たちの主人になる方ですもの！」

彼女が同意を求めるように仲間を見返せば、誰もが皆、頷いてくれた。彼女たちに受け入れてもらえていることを改めて実感して、リディアーヌは嬉しくなる。

「皆に、心配をかけてしまいましたね……」

「貴女が気にすることはありません。貴女がこうして無事に戻ってきたことが、彼らにとって何より嬉しいことですから」

言ってフェリクスはリディアーヌを部屋へと運ぶ。そして柔らかなベッドの上にそっと降ろしてくれた。

「どこも怪我はしていま……」

問いかけようとした声は、不自然に止まってしまった。どうしたのだろうとフェリクスがじっと見下ろしているところを見て、リディアーヌはハッとした。

手首に、縛られた痕が薄赤く残ってしまっている。リディアーヌはドレスの袖を引き下ろし、痕を隠そうとした。ただ皮膚が赤くなってしまっているだけで、別に痛みはない。

フェリクスはリディアーヌの両手を優しく取ると、手首の痕にそっとくちづけた。

「……申し訳ありません、リディアーヌ。貴女に、二度も同じ傷を……」

「二度……？　あ……」

フェリクスの言葉で、過去の誘拐事件を思い出す。あのときは後ろ手に縛られたから、痕が残ってしまっていた。だが今回と同じように、フェリクスが助けてくれたのだ。

リディアーヌはフェリクスの頬を両手で撫でて笑った。

「私は大丈夫です。フェリクスさまに今回も助けていただきましたから」

「他にお怪我は」

問いかけながらフェリクスはリディアーヌのドレスに手を伸ばし、脱がそうとする。リディアーヌは慌てて止めた。

「ほ、他にはどこも怪我してません……！」

「いえ、自分の目で確かめるまでは安心できませんから」

「だからって……あっ、いや……っ」

リディアーヌはフェリクスの前で次々と服を脱がされていく。裸にされて、せめてもと胸と股間を手で隠そうとするが、それもフェリクスに阻まれ、じっくりと全身を舐《な》めるように確認されてしまった。

恥ずかしくてたまらない。こんなことまでしなくてもいいだろうに！

リディアーヌの身体に他に傷がないことを確認し終えたフェリクスは、ようやく安心したのか大きく息をついた。

「よかった……他に怪我をされたところはありませんでしたね」

「そう言っていました！　や、やりすぎです……!!」

リディアーヌはシーツの中に潜《もぐ》り込み、涙目になりながらフェリクスに抗議する。フェリクスはかなり困ったように苦笑した。

「……すみません。ですが貴女がとても大切だから……」

「そ、それは嬉しいですけど……!! で、でも、行きすぎです……」

「それくらい好きなんです」

まっすぐすぎるほどの情熱的な言葉が、リディアーヌの胸を打つ。怒っていた気持ちがなりを潜《ひそ》めてしまい、リディアーヌはそっとシーツから頭をのぞかせた。

こちらを見つめているフェリクスの表情は、途方にくれた小さな子供のようだ。リディアーヌは思わずシーツから這《は》い出し、フェリクスの頬へと手を伸ばす。

騎士団長も務める男の人なのに、泣いているように見えるのはどうしてだろう。

「フェリクスさま……」

「貴女が怒るのも、わかっています。自分でも行きすぎていると、何となく理解はしています。ですが貴女が傍《そば》にいないと、私は息もできない。少しでも目を離したら、また貴女がこんなふうに危険な目に遭うかもしれないと思うと、とても不安になります」

頬に触れた手を、フェリクスも包み込むように握りしめる。その手が、かすかに震えていた。

「貴女を誰にも見せず会わせず閉じ込めてしまった方がよほど安心します。それにそうすれば、貴女が私以外の誰かに微笑みかけることも心を動かすこともない。いついかなるときも私だけを想って下さる……」

フェリクスの、情熱的な、という言葉で流してはいけない程の危なさを感じ取って、リディアーヌは息を呑《の》む。その気配が伝わったのか、フェリクスが顔を歪めた。

「こんな私は、頭がおかしいですよね？　……貴女が好きすぎて、どうしたらいいかわからないんです」

「フェリクスさま……」

最初は優しくて高潔で、乙女の理想が現実になったような男性だと思っていた。けれどその彼も、こうして恋に戸惑い大切な人のために何をすればいいのかわからなくて極論に走り、驚くような行動に出たりもする。それもすべて自分を想うがゆえのことだと思うと、改めてフェリクスへの気持ちが深くなった。

(ああ、私、とても幸せ者だわ。こんなに好きな方から想われている)

想いの深さを形にして相手に見せることができないから、こんなふうにフェリクスは不安になるのかもしれない。リディアーヌはフェリクスのターコイズブルーの瞳を、とても間近からのぞき込んだ。

「フェリクスさま。フェリクスさまはおかしくなんかありません。私はそんなにフェリクスさまに想っていただけて、とても幸せです。フェリクスさまのそんなところも教えていただけて、とても嬉しいんです」

「私を、嫌いになったりしないのですか？」

「ますます好きになりました。私はフェリクスさまのお傍にずっといたいです」

「……リディアーヌ」

リディアーヌは少し恥ずかしさで躊躇《ためら》ったあと——フェリクスの唇に自分からくちづけた。

ちゅっ、と軽く音を立てて唇を啄《ついば》み、リディアーヌはフェリクスに向かって笑いかける。

「私……フェリクスさまとずっとずっと一緒にいたいです。お傍に……置いて下さいますか……？」

「貴女が嫌だと言っても絶対に離しません」

フェリクスが、リディアーヌを抱きしめてきた。リディアーヌもフェリクスに手を伸ばし、抱きしめ返す。この腕の中にずっといたいと、思った。

「リディアーヌ、好きです。愛しています。貴女は？」

まるで子供がせがむように、フェリクスが問いかけてくる。リディアーヌは頬を染めながらも、小さく頷いて答えた。

「私も、フェリクスさまが好き、です。……あ……っ」

フェリクスの身体が、直後にリディアーヌを押し倒してくる。

身体に感じるフェリクスの重みは、レナルドのものとはまったく違う。とても心地よい重みだった。

「……ああ、リディアーヌ。私はもっともっと……貴女のことが好きです」

「……あ……ん、んん……っ」

フェリクスの手がリディアーヌの身体を撫で、感じるところを刺激してくる。そうしながらフェリクスは自分の団服を脱ぎ捨て、同じように裸になってリディアーヌを抱きしめてきた。

触れ合う素肌の感触が、とても心地よい。リディアーヌもフェリクスに想いを伝えようとするが、胸を揉《も》まれ、頂を舐《な》め回されると声が上手く出てこない。

「……フェ、フェリクス……さま……っ」

フェリクスの唇が、リディアーヌの蜜壺《みつつぼ》へと下りていこうと下腹部を啄んできた。リディアーヌはフェリクスに自分の想いを伝えたくて——だから、ふとそのとき、いいことを思いつく。

「……フェリクスさま……あの……っ」

「私に抱かれるのは、嫌ですか？」

フェリクスが動きを止めて、訝《いぶか》しげにこちらを見上げてきた。リディアーヌは真っ赤になりながら、フェリクスに提案する。

「ち、違います……あ、の……私も、フェリクスさまのを……舐、めて……いい、ですか……？」

「……え……？」

「……わ、私……フェリクスさまにそうしてもらうと、とても気持ちがいいんです。だから、フェリクスさまにも同じようにしたら……とても気持ちよくなっていただけるかと思って……」

(フェリクスさまのことが、とても好きだから)

リディアーヌの言葉に、フェリクスはとても嬉しそうに笑った。

「貴女が気持ちいいことを、私にして下さるんですか？」

「は……い」

言ってしまったあとに、もしかしてずいぶん大胆なことを口にしてしまったのではないかと思ってしまう。さらに顔を赤くしてしまったリディアーヌだったが、フェリクスは嬉しそうな様子を崩さない。

「では、一緒に気持ちよくなりましょう。そういう方法があるんです」

どういうふうにするのか、リディアーヌにはわからない。だがフェリクスはリディアーヌの身体に手を伸ばして、あっという間に体勢を変えてしまう。

二人で横向きになり、互いの下肢を見合う格好だ。

リディアーヌを求めて立ち上がっている男根が、すぐ目の前にある。一度手で触ったこともあるが、こんなに間近で見るのは初めてだ。

本当に受け入れていたのかと疑問に思うほどに太く逞《たくま》しく、熱く脈打っている。そっと両掌に包み込むと、脈動がさらに強くなった。

（これが、フェリクスさまの……）

フェリクスのものだと思うと、とても愛おしく思える。リディアーヌはその想いのまま、フェリクスの男根に唇を寄せていた。

「リディアーヌ、そこを舐め……う……っ」

フェリクスが何かを教えようとする前に、リディアーヌは男根に舌を這《は》わせている。リディアーヌの濡れた舌を感じると、男根はさらに熱く脈打った。

「フェリクスさま……」

熱い息をつきながら、リディアーヌは懸命に男根に舌を這わせ続けた。

そうしていると自然と唾液が溢れてきて、ぴちゃぴちゃと淫《みだ》らな水音が生まれてしまう。それが羞恥《しゅうち》を高めるが、リディアーヌの身体も熱くした。

「ん……んん……」

「貴女が……私のものを口にしてくれるなんて……」

フェリクスが、感極まったような嬉しげな声で呟《つぶや》く。フェリクスの手はリディアーヌのたおやかな腰を、優しいながらも官能的に撫《な》でた。

「こんな淫らなことを貴女がして下さるとは、思ってもいませんでしたよ……」

「……フェ、リクスさまの……だから……」

男根から舌を離して、リディアーヌは真っ赤になりながら伝える。

「私だって……フェリクスさまのことが、とても好きなんです。だから、こういうこともできるんです……」

「嬉しいですよ、リディアーヌ」

「……ん……んぁ……ん……」

裏筋や下の袋にも、丁寧に舌を這わせていく。フェリクスがリディアーヌの隅々《すみずみ》まで舐めてくれるから、自然とそうした。

時折ぴくっ、とフェリクスの腰が揺れて、息が詰められるような声が漏れ聞こえる。自分のしていることがフェリクスを気持ちよくさせているとわかって、奉仕の行為もますます熱を帯びる。

もっと気持ちよくなってもらうためにはどうしたらいいのだろう。

「あ……っ」

そのとき、フェリクスがリディアーヌの蜜壺に吸いついてきた。突然敏感なところにくちづけられて、リディアーヌは小さく喘《あえ》ぐ。

口から男根が離れてしまい、慌てて手で引き寄せた。フェリクスは花弁《かべん》を指で押し広げ、中に舌を差し入れる。そしてぬちゅぬちゅと舌を出し入れしてきた。

「ん……んんっ」

フェリクスに負けないように、リディアーヌも奉仕を続けようとする。だがフェリクスの舌はリディアーヌの感じる部分をすでにもう知り尽くしているようで、こちらが行為を続けられないほどだ。

「フェリクス、さま……そんなふうにしたら、私……っ」

これ以上できなくなってしまうと続けたくとも、今度は指を沈められて尖らせた舌先で花芽《か》《が》を捏《こ》ねられてしまう。リディアーヌは男根をかろうじて両手で包み込んではいたものの、これ以上の奉仕はできなかった。

「……ん、あっ、あぁぁっ!!」

フェリクスの口淫《こういん》によって、達してしまう。ぐったりとシーツに沈み込んでしまうと、フェリクスが濡れた唇を舐めながら身を起こした。

「貴女にそうして尽くしていただくのはとても嬉しいのですが……私はどうも尽くしたい質《たち》のようです」

「……んん……っ」

フェリクスがリディアーヌに身を重ね、膝を押し広げて自身の雄を飲み込ませてくる。だいぶ慣れたと思ったが、やはり圧迫感は変わっていなかった。

それでも奥を突かれると、途端《とたん》に強烈な快感が全身を駆け巡る。リディアーヌはフェリクスの首に腕を回し、肌を密着させるようにしながら、抱きついた。

フェリクスも同じようにリディアーヌを包み込むように深く抱きしめる。そうやって抱き合いながらつながっていると、互いの存在が溶けて、一つになるような感じがした。

「リディアーヌ、好きです。愛しています」

フェリクスの言葉にリディアーヌはこの上ない幸せを実感しながら頷いた。

「私も、フェリクスさまのことを愛してます」


翌朝目覚めたのは、昼に近い時刻だった。フェリクスは基本的に一度求めると際限がないようで、リディアーヌが勘弁して欲しいと懇願しても解放されず、ついには意識を失ってしまったほどだった。

身を起こすと、身体がひどくだるい。理由はわかりきっていたが、隣に横たわって柔らかく微笑みを向けてくれるフェリクスの満たされた様子を見てしまうと——リディアーヌはそれ以上たしなめの言葉を口にはできなかった。

「おはようございます、リディアーヌ」

「……この時間だと、その挨拶《あいさつ》はちょっと違います……」

「そうですね。昨日の貴女がとても可愛らしくてどうしようもなくて……無理をさせてしまってすみません」

掌が労《いたわ》るように腰を撫でてくる。身じろぎすれば飲み込みきれずに溢《あふ》れた精がとろりと内腿を伝い落ちてきて、リディアーヌは昨夜どれほど抱かれたのかを改めて実感し、真っ赤になった。

(でも、フェリクスさまにはわかっていただけたかしら……)

「フェリクスさま、あの……私の気持ち、おわかりになっていただけましたか……?」

「ええ。貴女が私のものを口に含んで愛してくれたのは、私をとても好きだからですよね」

あの恥ずかしくてたまらなかった行為の理由をようやくわかってもらえたのだと、リディアーヌはほっとする。ただ、こんなふうに露骨《ろこつ》に行為のことを言われてしまうと、顔が赤くなってしまった。

(でもよかった。これで私の気持ちもちゃんと伝わって……)

「それが、少しわかりました」

(す、少し!?)

フェリクスはこちらが見惚《みと》れてしまうほどに美しい微笑を浮かべて答える。リディアーヌにしてみれば、心外なことこの上ない。

「少しですか!? あ、あんなことまでしたのに……!?」

「まだまだ足りません。それくらい私はリディアーヌのことを愛しているんです」

すべてをその言葉で解決しようとしているように思えるのは、気のせいだろうか。リディアーヌは恐る恐る問いかける。

「あの……もう、縛って閉じ込める、なんてことは……しませんよね……？」

「そうですね……リディアーヌが私の傍を離れるなんてことを言わなければ、しませんよ」

「も、もうそんなこと、言いません……！」

リディアーヌは慌てて言う。確かにあのときはシャブラン伯爵夫人との関係を疑ってしまっていたから、結婚は、やめにしようと言ってしまったが、夫人との関わりも、自分との婚儀のためだけだと教えてもらえた。

「フェリクスさま。そういえばシャブラン夫人とはいったい何をされていたんですか？」

「もうすぐわかりますよ。楽しみにしていて下さい」

フェリクスが満面の笑みを浮かべた。

【終】


「……ほんっとに後始末は全部僕に押しつけたよね……」

怨《うら》みをたっぷり含んだ低い声で、シリルが言う。彼の苦労がわかるからこそ、リディアーヌはせめてもの癒しになるようにと、丁寧に茶をいれてやった。

カバネル館のフェリクスの棟には、緑と季節の花が楽しめるガーデンテーブルセットが用意されている。天気がいいこともあり、今日の午後の茶はここで楽しもうとフェリクスに誘われて過ごしていたところ、シリルが後始末の報告にやって来たのだ。

オレンジの瑞々《みずみず》しい香りがする茶をいれてやると、シリルはそれを美味《おい》しそうに味わう。

リディアーヌはシリルの言葉での反応も、少しドキドキしながら待ってしまった。

「ど、どうかしら……？」

「はい、美味しいですよ、リディアーヌさま」

「よかった……!!　そのお茶は私がブレンドしたものなの」

「よかったですね、シリル。そのお茶を飲んだらまた仕事がしたくなりますよ」

嫉妬《しっと》の表情を隠さない親友の態度に、シリルは大きく息をつく。そして本来の目的である報告を口にした。

「レナルドの騎士位は剝奪《はくだつ》されたよ」

王女を誘拐した罪により、レナルドの騎士位は問答無用で剝奪された。リディアーヌはフェリクスとともに、神妙にシリルからの報告を受けた。

騎士位を剝奪されたレナルドは、現在、牢で尋問を受けているという。自身がフェリクスを陥《おとしい》れようとしていた者たちに対する謀略《ぼうりやく》の揺るぎない『証拠』となるからだ。フェリクスによってあぶり出された『反乱分子』には、今、父王とルリジオンがどのような制裁を加えるかを検討しているという。

おそらく、領地と財産を没収され、地方へ追放という罰になるだろうと、フェリクスは見当をつけていた。シリルも同意見だったから、間違いない結果となるだろう。

「まあ、これでお前の周りも落ち着くよねー」

シリルが心底安心した声で呟《つぶや》く。

「ええ、本当に。リディアーヌとの婚儀を行うまでには片づいて、よかったです。ですがそのせいで貴女には恐い想いをさせてしまい、申し訳ありませんでした」

リディアーヌの手を取って、フェリクスは頭を下げてくる。リディアーヌは慌てて首を振った。

「気になさらないで下さい。私はフェリクスさまに助けていただいて、何の怪我もありませんでした。守って下さって本当にありがとうございました」

「貴女は私の妻です。命をかけて守るのは当然です」

「まだ妻じゃないけどね」

確かにまだ正式な婚儀は迎えていない。フェリクスは憮然《ぶぜん》とした表情になるが、リディアーヌも今回の件もあってすっかりそのつもりになっていた。

(そ、そうだったわ。まだ違うんだわ。だって……)

「……そうよね。まだ、フェリクスさまと正式な婚儀はしていなかったんだわ……私、もう身も心もフェリクスさまのものになっていたから……」

ぶほっ、とシリルが飲みかけの茶を吹き出してしまいそうになる。シリルはじとりと親友を見返した。

「お前、まさか婚前交渉……」

「──ご歓談中失礼いたします。フェリクスさま、シャブラン伯爵婦人からお荷物が届いておりますが」

フェリクスの頬に明るい笑みが浮かぶ。

シャブラン伯爵夫人とのことをもう疑ってはいないが、やはりこんな顔をされてしまうと面白くはない。それでも嫌な顔は見せないようにしようと俯《うつむ》きかけたリディアーヌの手を、フェリクスが取った。

「リディアーヌ、一緒に来て下さい」

なぜ、と問う間も与えないままで、フェリクスはリディアーヌを連れていく。シリルは何かに思い至ったらしく、小さく頷いた。

「ああ、なるほど。あれか……リディアーヌさま、どうぞごゆっくり」

「え……ええっ？　いったいなんですか!?」

二人はわかっていても、リディアーヌにはさっぱりだ。戸惑《とまど》いの方が強く困惑《こんわく》するリディアーヌを、フェリクスは自分の部屋に連れていく。

部屋の中に入ると、テーブルの上に大きな箱が置いてあった。椅子の上にもいくつか中小の箱が置かれている。

フェリクスはリディアーヌをテーブルまで連れていき、大きな箱を示した。

「さあ、リディアーヌ、どうぞ。貴女への贈り物です」

「え……!?　で、でもこれは、夫人からフェリクスさまへの……」

「違います。これが夫人に協力していただいたこと、ですよ。とにかく開けてみて下さい」

よくわからないまま、箱を開けることを促される。リディアーヌはとりあえずフェリクスに従い、蓋《ふた》を取った。

直後に、大きく目を見開いてしまう。

「……これ……」

箱から溢れてしまいそうなほどのレースとシルクの塊は、ウェディングドレスだった。

フェリクスがドレスの肩を手に取って、持ち上げる。上品な衣擦《きぬず》れの音をさせてドレスの全貌が露《あらわ》になり、リディアーヌはその素晴らしさに息を呑んだ。

「リディアーヌのために、ウェディングドレスのデザインを夫人にお願いしていたんです」

「とても、素敵です……!!」

細かい小花が白糸で刺繍《ししゅう》された白シルクのドレスは、裾《すそ》を長く引いて上半身は肩を出すデザインだ。スカートには光に透けてしまいそうなほど薄いチュールレースが重ねられていて、そのレースには美しく光を弾くビーズが散りばめられている。まるで、光のスカートを纏っているかのようだ。

他の箱にはこのドレスに合わせた小物が入っているのだろう。

「貴女に求婚すると決めたときから、夫人にドレスのデザインをお願いしていました」

「ど、どうして夫人に……?」

「貴女にぴったりのドレスを作るにはどうしたらいいかと私なりに考えていたんですが、シリルに夫人のことを教えてもらいまして……殿下や貴女の侍女たちも、夫人に頼めば間違いないと断言して下さいましたので、夫人にお願いすれば、貴女にぴったりのドレスを作って下さると思ったんです。間違いなかったですね」

「そ、そんなに前から動いていたんですか!?」

「ええ、そうです。私には、貴女以外の妻は考えられませんでしたから」

「もし私が求婚を断ったら、どうしていたんですか」

「一生独身ですね。そして貴女が私を見て下さるまで、たゆまぬ努力を続けるだけです」

それ以外のことはあり得ないというように、ごく当たり前の口調でフェリクスは言う。リディアーヌは一瞬驚きに大きく目を瞠ったものの、すぐに彼からの愛情を感じられて満面の笑みを浮かべた。

「フェリクスさま、ありがとうございます」

「そう言っていただけると私も嬉しいです。では」

言ってフェリクスの手がリディアーヌの身体に伸ばされる。何をするのかと思いきや、背中のドレスのボタンがぷちぷちと外されていった。

リディアーヌの服を脱がしていく仕草に、慌ててしまう。

「フェ、フェリクスさま!? いったい何を……や、あ……っ」

リディアーヌの抵抗など、フェリクスには何の意味もない。次々と服を脱がされていってしまう。

「それはもちろん試着ですよ。サイズは貴女の侍女たちに聞いてありますから大丈夫だとは思いますが、念のため。……ああ、でも貴女の美しい肌を見てしまったら、我慢ができなくなってきました」

そのまま抱きしめられて、唇を深く激しく奪われる。これ以上の抵抗ができなくなることを自覚しながらも、リディアーヌは愛される喜びに身を委《ゆだ》ねた。

あとがき

初めまして。またお会いできた方はこんにちは！　舞姫美です。ハニー文庫さまでは二作目となりました。嬉しいです！　今回も書きたいものをモリモリ書かせていただきました。

スペック高い上にストイックな大人な方が、大人になってから初恋を覚えてしまったものでもう暴走が止まりません！　というお話です（簡潔に纏めすぎ）。フェリクスは書いてて非常に楽しいキャラでした。丁寧語でしかし卑猥に攻めるのがたまらんです。それに頑張って健気に応えるリディアーヌも、書いてて非常に楽しかったです。とにかくもう、終始楽しく書かせていただきました。その気持ちがお手に取って下さった方の楽しさにどうぞ繋がりますように。

フェリクスはリディアーヌが恋する相手としても女性としても何かと初めてな相手なので、まあ色々と彼なりにお勉強している（現在進行形なのがミソ）などという裏設定があります。

そんなリディアーヌ一筋のある意味わんこ的なフェリクスを、とんでもなくカッコ良く描いてくださったウエハラ先生、ありがとうございます！　フェリクスの団服姿のキャララフをいただいたときは、あまりのイメージぴったりさに倒れました。ぱたり。団服、いいわぁ……手袋、いいわぁ……なのに手袋プレイを書き忘れたわぁ……無念。などと思う私は汚れまくっていますな！　修正や校正で疲れたときは二人のラフを眺めて癒されていました。

こうしてまた新たな作品でお目にかかることができたのも、作品にかかわってくださったすべての方と、読んでくださる方のおかげです。お届けできた作品で少しでもお返しできていることを願います。

またどこかでお会いできることを祈って。

舞姫美先生、ウエハラ蜂先生へのお便り、
本作品に関するご意見、ご感想などは
〒101-8405
東京都千代田区三崎町2-18-11
二見書房　ハニー文庫
「独占マリアージュ」係まで。

本作品は書き下ろしです

Honey Novel

独占《どくせん》マリアージュ

【著者】舞姫美《まいひめみ》

【発行所】株式会社二見書房
東京都千代田区三崎町2-18-11
電話　03(3515)2311［営業］
　　　03(3515)2314［編集］
振替　00170-4-2639
【印刷】株式会社堀内印刷所
【製本】ナショナル製本協同組合

落丁・乱丁本はお取り替えいたします。
定価は、カバーに表示してあります。

ISBN 978-4-576-14137-4

http://honey.futami.co.jp/